GW01607058

Die drei ???

Die drei ???
Gruselige Weihnacht überall

erzählt von Christoph Dittert

KOSMOS

Umschlagillustration von Andreas Ruch, Düsseldorf
Umschlaggestaltung von der Peter Schmidt Group, Hamburg,
auf der Grundlage der Gestaltung von Aiga Rasch (9. Juli 1941–24. Dezember 2009)

Gedruckt auf chlorfrei gebleichtem Papier

ISBN 978-3-440-18021-1
Redaktion: Leyla Navarro
Lektorat: Nina Schiefelbein
Produktion: Verena Schmynec
Satz: DOPPELPUNKT, Stuttgart
Druck und Bindung: Finidr s.r.o., Cěský Těšín
Printed in Czech Republic / Imprimé en République tchèque

Die drei ???

Gruselige Weihnacht überall

1. DEZEMBER

Unerwarteter Besuch

Der Weihnachtsmann trat durch das Tor des »Gebrauchtwarencenters T. Jonas«. Er sah sich kurz auf dem Gelände um und rief dann laut: »Justus Jonas?«

Natürlich war es nicht der echte Weihnachtsmann. Peter, der Zweite Detektiv der drei ???, wunderte sich allerdings sehr über die Aufmachung des fremden Mannes: Er trug den typisch rot-weißen Mantel, eine ebensolche Zipfelmütze und hatte einen langen weißen Rauschebart.

Peter war gerade auf dem Weg zu dem Schrottberg gewesen, unter dem die Zentrale lag. Die Zentrale war das Detektivbüro der drei ??? und befand sich in einem Wohnwagen unter eben diesem Haufen Gerümpel. Dort wollte Peter seine Freunde Justus und Bob treffen. Die beiden warteten bereits auf ihn. Stattdessen eilte er nun zu dem Besucher und sagte: »Kann ich Ihnen helfen?«

»Du bist Justus Jonas?«

»Nicht ganz. Ich bin Peter. Was wollen Sie von Justus?«

»Ich brauche Hilfe. Justus gehört zu diesem Detektivbüro, von dem ich in der Zeitung gelesen habe. Und wenn ich mich nicht irre, du ebenfalls. Peter … Andrews, richtig?«

»Peter Shaw«, stellte der Zweite Detektiv richtig. »Der Nachname Andrews gehört zu meinem Kollegen Bob.«

»Entschuldige.«

»Kein Problem. Sie brauchen also Hilfe von den drei ???, wenn ich Sie richtig verstehe?«

Der Mann sah sich um. Er wirkte unschlüssig und nervös. »Vielleicht ist hier nicht der richtige Ort, um … ähm … Verstehst du, was ich meine? Unser Treffen ist nicht gerade … unauffällig.«

Peter grinste. »Sagen wir es so, das liegt schon auch ein wenig an Ihren Klamotten. Es dauert immerhin noch sechs Tage, bis der Weihnachtsmann kommt.«

»Oh.« Der Besucher zog sich die Mütze vom Kopf. Seine Haare standen verwuschelt in alle Richtungen. »Da hast du natürlich recht. Ich habe gar nicht darüber nachgedacht. Ich bin es so gewohnt, in dieser Verkleidung herumzulaufen. Es ist meine Dienstkleidung, wenn du so willst.« Er fuhr sich mit den Fingern durch den langen Bart. »Der ist aber echt.«

»Arbeiten Sie als Weihnachtsmann in einem Einkaufszentrum?«, fragte Peter. Er dachte an die Leute, die dort auftraten, damit Kinder ihnen ihre Wünsche mitteilen und Eltern schöne Erinnerungsfotos schießen konnten.

»Nein, ich …« Der Besucher winkte ab. »Das sollte ich euch besser gemeinsam erklären. Sind denn deine Freunde oder –

wie hast du es gerade gesagt? – deine Detektivkollegen da? Kann ich mit euch allen dreien sprechen?«

»Da haben Sie Glück. Warten Sie bitte kurz, ich rufe die beiden an. In spätestens fünf Minuten sollten sie bei uns sein.« Peter ging ein paar Schritte zur Seite, hin zu einem Stapel alter Eisenstäbe, die Justus' Onkel Titus am Vortag erworben und hier von der Ladefläche des Pick-ups gekippt hatte. Tante Mathilda hatte die drei Jungen gebeten, sie in den Schuppen zu räumen, wovor sie sich bislang erfolgreich gedrückt hatten. Der Zweite Detektiv rief bei Bob an und informierte ihn kurz. Damit der Ort der Zentrale nicht bekannt wurde, würden seine Freunde sie über einen ihrer Geheimgänge verlassen, um zu ihm zu kommen.

Es dauerte tatsächlich nur wenige Minuten, bis alle drei ??? mit ihrem Besucher zusammenstanden. Justus hatte sie zur Veranda des Wohnhauses der Familie Jonas geführt, in dem er mit seiner Tante und seinem Onkel lebte, seit seine Eltern vor vielen Jahren bei einem Unfall gestorben waren. Es herrschte sehr angenehmes Wetter für Mitte Dezember in Kalifornien, etwas wärmer als üblich. Sie nahmen am Tisch Platz, den Tante Mathilda weihnachtlich dekoriert hatte. Mitten in einem Gesteck aus Tannenzweigen stand eine große rote Kerze.

»Also, Sir«, sagte Justus, »wir sind gespannt, wie wir Ihnen helfen können.«

»Ich … ich habe in der Zeitung von euch gelesen«, sagte der Mann mit unsicherer Stimme. Seine Finger nestelten am Stoff der Weihnachtsmütze, die er vor sich auf dem Tisch abgelegt hatte. »Ich wohne noch nicht so lange in Rocky Beach. Und als ich hierhergezogen bin, habe ich mich über alle lokalen Besonderheiten kundig gemacht. Das kann gut fürs Geschäft sein, wisst ihr? Jedenfalls fiel mir dabei auch euer Detektivbüro ins Auge. Ich fand es ganz erstaunlich, wie viele Berichte es über euch in den Medien gibt. Aber ich hätte nicht gedacht, dass ich mich bald selbst an euch wenden würde. Hört zu, ich habe ein Weihnachtsmuseum eröffnet, in der Nähe des Villenviertels, vielleicht …«

»Natürlich«, fiel Bob ihm ins Wort. »Sie sind Aaron Harper!«

»Oh, ich bin geschmeichelt, dass du meinen Namen kennst.«

»Ich habe von Ihrem Museum gehört. Leider sind wir noch nicht dazu gekommen, es zu besuchen.«

»Da seid ihr nicht die Einzigen.« Mr Harper lachte. »Ich kann nicht behaupten, dass meine Geschäftsidee bislang wie eine Bombe eingeschlagen hätte. Aber ich habe verschiedene Werbeaktionen gestartet, um das zu ändern.«

»Stimmt, ich habe etwas von einem speziellen Weihnachts-Dinner gelesen«, sagte Justus, der bei dem Gedanken daran merkte, wie hungrig er war. »War das nicht ein mehrgängiges Spezialmenü nach einem Brauch aus Osteuropa? Ich glaube … Tschechien?«

»Nah dran«, sagte Aaron Harper. »Aus Polen. Aber es freut mich, dass meine Werbung offenbar funktioniert.« Dann seufzte er. »Allerdings bin ich ja bei euch, um euch von meinem Problem zu berichten. Hättet ihr denn überhaupt Zeit, euch um meinen Fall zu kümmern?«

»Da haben Sie Glück, Sir«, sagte Bob.

»Und wir ebenfalls«, ergänzte Justus. »Ich hatte schon befürchtet, dass bis Weihnachten Langeweile herrschen wird. Also – verstehen Sie das bitte nicht falsch. Ich bedauere natürlich, dass Sie offenbar in Schwierigkeiten stecken.«

»Ja, so kann man es wohl nennen«, sagte Mr Harper. »Ich werde erpresst.«

»Erpresst«, wiederholte Justus. »Bitte berichten Sie genauer, was vorgefallen ist.«

Aaron Harper sah sich unvermittelt um, als befürchte er, beobachtet zu werden. »Ich habe einen Brief erhalten und … na ja …«

Peter nickte ihm aufmunternd zu. »Bitte reden Sie ganz offen, Mr Harper.«

Der Mann seufzte. »Keine Polizei, hieß es darin. Sonst wird mein Museum in Flammen aufgehen.«

»Es ist gut, dass Sie zu uns gekommen sind«, versicherte Justus. »So haben Sie sich an die Anweisung des Erpressers gehalten und sich dennoch Hilfe gesucht.«

»Trotzdem! Wenn er herausfindet, dass ich zu Detektiven gegangen bin, auch wenn es nur – entschuldigt – ihr Jung-Detektive seid, würde ihm das sicher auch nicht gefallen.«

»Haben Sie denn eine Ahnung, wer es ist?«, fragte Bob. »Immerhin sprechen sie von einem Mann.«

»Nein, nein, es könnte genauso gut eine Frau sein«, meinte Mr Harper. »Ich kann mir absolut nicht vorstellen, wer dahintersteckt.«

»Bitte berichten Sie der Reihe nach«, forderte Justus. »Wie, wieso und womit werden Sie erpresst?«

Harper beugte sich vor. Es sah ulkig aus, wie er in seinem Weihnachtsmannkostüm die Schultern hängen ließ. »Die ganze Sache hängt mit einer Auktion im Museum zusammen. Sie ist der Höhepunkt meiner Werbeveranstaltung, die mit dem polnischen Weihnachtsmenü beginnt, das ihr eben erwähnt habt. Dieses findet morgen am frühen Abend statt, um sechs Uhr. An den zwei folgenden Tagen läuft dann die Auktion. Es werden besondere Weihnachtssammelstücke versteigert. Teilnehmen werden rund zwanzig Gäste, die teilweise von weit her kommen.« Er lachte. »Sogar ein mongolischer Wissenschaftler wird dabei sein! Das ist wirklich eine verrückte Sache. Ich kann euch später noch mehr darüber erzählen. Jedenfalls geht es bei der Erpressung um eines der Sammlerstücke, das verkauft werden soll.«

»Ich nehme an, um ein sehr wertvolles Stück«, sagte Justus. »Um was handelt es sich?«

Mr Harper schüttelte den Kopf. »Wenn ich das nur wüsste. Ich habe keine Ahnung!«

2. DEZEMBER

Weihnachtslabyrinth

»Moment«, sagte Bob. »Sie werden erpresst und wissen nicht, worauf es der Erpresser eigentlich abgesehen hat?«

»Noch nicht«, schränkte Aaron Harper ein. »Er hat angekündigt, dass er es mir beizeiten mitteilen wird. Momentan weiß ich nur, dass es um eines der Auktionsstücke geht.«

»Das heißt, er will dieses Stück – worum auch immer es sich handelt – von Ihnen haben«, fasste Peter zusammen.

»Exakt. Und wenn er es nicht bekommt, lässt er mein Museum in Flammen aufgehen – genau wie in dem Fall, dass ich mich an die Polizei wenden sollte.«

»Können wir den Brief sehen?«, bat Bob.

»Ich habe ihn nicht hier, er ist in meinem Büro. Aber wenn ihr mitkommt in mein Museum, zeige ich ihn euch selbstverständlich.« Mr Harper schüttelte den Kopf. »Das war dumm von mir. Natürlich hätte ich ihn mitbringen müssen! Ich bin total kopflos, bitte entschuldigt.«

»Sie haben etwas Vergleichbares noch nie erlebt«, stellte der

Erste Detektiv fest. »Da ist es nicht verwunderlich, dass Sie an manche eigentlich logischen Dinge nicht denken. Jedenfalls ist der Brief ein Beweisstück und es könnten sich durchaus Hinweise für die Ermittlungen darauf befinden.«

Mr Harper stand auf und griff seine Weihnachtsmütze. »Das heißt, ihr werdet mir helfen?«

»Wir übernehmen jeden Fall«, sagte Justus. »Das ist unser Motto. Darf ich Ihnen unsere Karte überreichen?« Er zog eine Visitenkarte aus seiner Hosentasche.

Aaron Harper nahm sie und las murmelnd, was darauf stand, ehe er sie in einer Tasche des Weihnachtsmannkostüms verschwinden ließ. »Ich bin froh, dass ihr euch der Sache annehmt. Das macht mir Mut.«

»Wir müssen so unauffällig wie möglich vorgehen«, sagte Bob. »Am besten fahren wir nicht gemeinsam mit Ihnen zum Museum. Wer weiß, ob es vielleicht beobachtet wird.«

»Stimmt«, sagte Peter. »Und in diesem Fall ist es ja leicht zu vermeiden. Wir kommen später nach und tun so, als wären wir normale Besucher des Weihnachtsmuseums und würden Sie nicht kennen. So können wir uns erst einmal unauffällig umsehen. Und wenn wir merken, dass das Museum nicht beobachtet wird, können wir dann offen miteinander reden.«

Justus wiegte den Kopf. »Theoretisch könnte es auch sein, dass Sie persönlich beschattet werden, Mr Harper. Dann wüsste der Erpresser oder die Erpresserin jetzt bereits, dass Sie sich an uns gewandt haben. Aber wir wollen nicht mit dem Schlimmsten rechnen. Wann ist Ihr Museum geöffnet?«

Mr Harper sah auf die Uhr. »Es ist noch eine halbe Stunde Mittagspause. Jetzt, vor Weihnachten, habe ich meine Öffnungszeiten verlängert. Jeden Tag bis acht Uhr am Abend, nur morgen schließe ich bereits um vier – denn zwei Stunden später startet das Weihnachtsessen.«

»Sie haben gesagt, das Essen bildet den Auftakt der Auktion«, erinnerte sich Justus. »Darum wäre es gut, wenn wir ebenfalls daran teilnehmen könnten.«

Harper nickte. »Eigentlich ist es mit den Teilnehmern der Auktion bereits ausgebucht, aber das sollte ich irgendwie hinbekommen.«

»Das heißt, die Teilnehmer der Auktion haben sich vorab angemeldet?«, fragte Bob.

»Ja, es ist sozusagen eine ›geschlossene Gesellschaft‹.« Harper lächelte ein wenig verlegen. »Wir Weihnachtssammler sind ein etwas schräges und gut vernetztes Grüppchen. Die Veranstaltung ist auch eine Art … hm, sagen wir, Freundestreffen.

Die Auktion beginnt dann übrigens übermorgen, also am Samstag, um die Mittagszeit. Sie zieht sich über zwei Tage.«

»Geht es denn um so viele Stücke?«, fragte Justus.

»Es soll zwischendrin lange Pausen geben, in denen sich die Teilnehmer unterhalten und Zeit miteinander verbringen können«, erklärte Aaron Harper. Er sah auf die Uhr. »Nun muss ich los, damit ich noch rechtzeitig öffnen kann. Aber zuerst … Hier, nehmt das.« Er griff in eine Tasche seiner weiten Weihnachtsmannhose, zog einen Geldbeutel heraus und legte einen Zehn- und einen Fünfdollarschein auf den Tisch.

»Wir nehmen kein Geld«, stellte Bob klar.

Mr Harper grinste. »Ist nur geliehen. Wenn ich euch nachher nicht kennen soll, müsst ihr drei Eintrittskarten kaufen. Dann bekomme ich es zurück.«

»In dem Fall«, meinte der dritte Detektiv und steckte das Geld ein, »passt das natürlich.«

Die drei ??? begleiteten Mr Harper zum Tor des Gebrauchtwarencenters – auch, um einen Blick auf die Straße werfen zu können, ob sich dort womöglich ein Verfolger ihres Auftraggebers herumtrieb. Es fiel ihnen jedoch nichts und niemand auf. Dafür sahen sie, wie Mr Harper zum Schrottplatz gekommen war. Draußen parkte ein Motorrad, auf das er sich mit geübter Bewegung schwang. Es sah witzig aus, wie er den kleinen Seitenkoffer aufschloss, den Helm herausholte, die rot-weiße Mütze abnahm und stattdessen den Helm aufsetzte. Kurz darauf knatterte er mit wehendem Weihnachtsmantel davon.

Eine halbe Stunde später machten sich die Jungen mit ihren Fahrrädern auf den Weg zu Aaron Harpers Weihnachtsmuseum. Peter hatte einen Rucksack auf, in den sie einen Teil ihrer Detektivausrüstung eingepackt hatten.

Das Museum befand sich in einem großen Bungalow. Davor stand ein Schild mit roter Aufschrift:

WEIHNACHTSMUSEUM
SO SCHÖN WIE ZU WEIHNACHTEN
NUR EBEN DAS GANZE JAHR ÜBER

Die drei ??? ketteten ihre Räder an den schulterhohen Zaun, der das Grundstück umgab. Ein großes Tor darin stand offen. Justus ging zuerst hindurch, seine beiden Freunde folgten ihm. Aus dem Gebäude erklang fröhliche Weihnachtsmusik: Jingle Bells.

Von der Eingangstür aus konnte man zunächst nur in einen kleinen Vorraum schauen, aber schon hier war alles voller Weihnachtsdekoration und die drei ??? wussten im ersten Moment nicht, ob sie sie kitschig oder schön finden sollten. Es gab eine Menge Tannengrün – zum Teil echt, zum Teil künstlich. Die Zweige standen in Vasen, hingen an der Wand oder von der Decke, dicht an dicht mit jeder Art von Christbaumschmuck behängt. Eine riesige Santa-Claus-Pappfigur neben einem von goldenem und silbernem Lametta beinahe schon blendenden Weihnachtsbaum wachte über allem.

Aaron Harper saß hinter einem kleinen Holztisch in Form

des Sterns von Bethlehem, wie man ihn mit seinem Schweif von Bildern kannte. Er reichte einer Frau gerade ein Ticket und Wechselgeld. Sie steckte beides ein und verschwand im Ausstellungsbereich.

Bob trat zuerst an den Tisch. »Dreimal, bitte!« Er zog seinen Geldbeutel heraus und legte die 15 Dollar auf den Tisch.

»Gern! Schön, dass ihr das Museum besucht.«

Bob warf seinen Freunden einen raschen Seitenblick zu. Aaron Harper gab sich ein wenig zu sehr betont unauffällig – er sprach zu laut und überdeutlich, als würde er ein Theaterstück vor Publikum aufführen.

»Wir haben bestimmt Spaß«, meinte Justus lässig und schnappte sich die Tickets.

Sie folgten der Frau in die eigentlichen Museumsräume. Pfeile auf dem Boden wiesen den Weg durch ein Labyrinth aus echten Wänden, aufgestellten Trennwänden und offen stehenden Türen. Der erste Raum sah aus wie ein Wohnzimmer mit großem Kamin. Daran hingen an Haken eine Reihe von großen Strümpfen, alle in unterschiedlichem Muster gestrickt. Durch eine Tür, an der ein Mistelzweig hing, kamen sie in ein größeres Zimmer voller Vitrinen, in denen Weihnachtsspielzeug ausgestellt wurde.

»Ist echt super hier, oder?«, piepste eine Mädchenstimme, und im nächsten Augenblick zupfte das Kind Justus am Arm. »Ich bin schon zum dritten Mal hier.«

»Ellie, lass das!«, forderte die Mutter der Kleinen. »Entschuldige bitte«, meinte sie zu Justus.

»Kein Problem«, versicherte der Erste Detektiv, wandte sich an das Mädchen und sagte: »Stimmt, total klasse hier!«

Sie strahlte Justus an. »Dies ist der beste Raum. Ich war schon fünfmal hier und guck mir immer alles ganz genau an. Ich weiß schon fast auswendig, was in den Vitrinen ist.«

»Ja, leider«, sagte die Mutter mit einem Lächeln.

Justus klopfte dem Mädchen anerkennend auf die Schulter. »Das ist sehr exakte Forschungsarbeit. Dann wünsche ich dir auch heute wieder viel Spaß dabei. Wir gucken uns erst mal überall ein wenig um.«

Die drei ??? kamen in einen noch größeren Raum. Auf zahlreichen Tischen wurden Krippen ausgestellt. Die Figuren waren auf ganz unterschiedliche Weise ausgearbeitet. Doch Justus' Blick fiel sofort auf etwas ganz anderes.

»Kollegen!«, sagte er leise und deutete Richtung Fenster, neben dem rechts und links Masken an der Wand hingen, die schrecklich verzerrte, grobe Gesichter zeigten, viele mit Hörnern an der Stirn. »Schaut euch das an!«

»Die Krampus-Masken?«, fragte Bob. Beim Krampus handelte es sich um eine Schreckgestalt, die in der Adventszeit ihr Unwesen trieb. Das wussten die drei ??? nur zu gut, denn sie hatten es schon bei einem ihrer Fälle mit so einem Krampus zu tun bekommen.

Justus schüttelte den Kopf. »Das Fenster!«

Bob ging einen Schritt heran. »Oh«, machte er. Aus der Nähe betrachtet, konnte man die Beschädigung und die Kratzspuren kaum übersehen. »Hier ist jemand eingebrochen!«

3. DEZEMBER

Eine Entdeckung und eine Frage

»So ist es«, sagte Justus. »Und offenbar hat Mr Harper nichts davon gemerkt, sonst hätte er es uns sicher erzählt.« Der Erste Detektiv kombinierte sofort. »Hier ist meine spontane Vermutung: Jemand bricht hier ein, weil er ein bestimmtes Stück sucht. Er wird nicht fündig. Danach entscheidet er sich für ein anderes Vorgehen: Er …«

»… schreibt einen Erpresserbrief«, fiel Bob seinem Freund ins Wort.

»Hm«, machte Justus, dem es nicht gefiel, dass er nicht hatte ausreden können. »Jedenfalls ist das eine gute erste Theorie.«

Sie vereinbarten, dass der Erste Detektiv mit Aaron Harper sprechen würde, während sich Peter und Bob weiter umschauten, ob sie irgendwelche weiteren Einbruchs- oder sonstigen Spuren fanden.

Justus traf ihren Auftraggeber im Vorraum wieder, wo dieser mit einem Kugelschreiber Notizen in einer Liste machte, die vor ihm auf dem Empfangstisch lag.

»Ja bitte?«, fragte Mr Harper. »Kann ich etwas für dich tun?«

Weil zwei weitere Leute im Vorraum waren und Fotos mit der großen Santa-Claus-Figur schossen, konnte Justus nicht offen reden. »Haben Sie ein Blatt und einen Stift für mich?«, fragte er. »Ich möchte mir etwas aufschreiben.«

»Äh … klar«, sagte Mr Harper und zog beides aus einer Schublade.

»Danke«, sagte Justus und schrieb: *Wir würden gerne ungestört mit Ihnen reden. Können Sie mit mir nach hinten in den Krippenraum kommen?*

Der Auftraggeber der drei ??? nickte, stand auf und sagte, wiederum etwas zu übertrieben und theatralisch: »Ich gehe mal zur Toilette.« Pfeifend lief er in die Museumsräume.

Justus folgte ihm zu Peter und Bob. »Wir müssen Ihnen etwas Unerfreuliches mitteilen«, sprach der Erste Detektiv dort direkt aus.

»Oh. Das klingt ja nicht gut. Worum geht es?«

Peter berichtete ihrem Auftraggeber von der Entdeckung am Fenster und von ihrer Vermutung, wie alles abgelaufen war.

Mr Harper konnte es kaum fassen und machte große Augen, als ihm die Jungen die Spuren am Fenster zeigten. Auf die Nachfrage des Ersten Detektivs hin erklärte er, dass es im Museum und auf dem Grundstück leider keinerlei Überwachungskameras gab, die etwas hätten aufzeichnen können.

»Da Sie dazu nichts erwähnt haben«, sagte Peter, »haben Sie offenbar auch in letzter Zeit nicht bemerkt, dass etwas aus dem Museum gestohlen worden ist. Richtig?«

»Ja, ja, das ist richtig«, sagte Mr Harper. »Natürlich stehen hier so viele Dinge, dass ich es nicht mit Sicherheit sagen kann … aber zumindest fehlt nichts Wesentliches, das wäre mir schon aufgefallen.«

»Wir könnten uns vorstellen«, sagte Bob, »dass Einbruch und Erpressung zusammenhängen. Deshalb sollten wir uns jetzt vielleicht einmal den Brief ansehen, wenn das möglich ist.«

»Kommt mit.« Mr Harper winkte die Jungen weiter ins Museum hinein. »Dort hinten habe ich einen kleinen Rückzugsort, mein Büro, wenn ihr so wollt. Ein Tisch, ein Stuhl, eine Küchenzeile und eine Toilette. Ich wohne im Haus nebenan, habe ich euch das überhaupt gesagt? Jedenfalls kann ich nicht jedes Mal dorthin, wenn ich … ähm, also, ihr versteht schon … Ach, egal. Da ist jedenfalls der Brief.«

Vor einer Tür mit der Aufschrift »Privat« blieb er schließlich stehen. »Ihr könnt euch gern darin umsehen«, sagte er. »Ich muss zurück nach vorne, falls Besucher kommen. Der Brief ist in der einzigen Schublade im Tisch.« Er schloss auf, nickte den Jungen zu und zog sich zurück.

Die drei ??? traten ein und schlossen die Tür hinter sich. Der Raum war klein und tatsächlich sehr spärlich möbliert. Den Erpresserbrief fanden sie sofort. Auf dem Briefumschlag stand einfach nur

Aaron Harper

mit einem Computer ausgedruckt. Dieselbe Schrift war für den Brief benutzt worden. Das Papier bot keinerlei Hinweise, es gab weder ein Wasserzeichen noch sonstige besondere Merkmale.

Peter las den Brief leise vor. »*Harper, Sie haben etwas, was mir gehört, und wollen es versteigern. Das lassen Sie schön bleiben! Ich schicke jemanden vorbei, der es holt, am zweiten Tag der Auktion. Ich sage Ihnen noch rechtzeitig, worum es sich handelt. Sorgen Sie dafür, dass mein Bote es erhält – unauffällig, ehe die Auktionsteilnehmer eintreffen. Danach werden Sie diese Person ziehen lassen und ihr nicht folgen. Alles kann gut werden … es sei denn, Harper, Sie kommen auf die dumme Idee, zur Polizei zu gehen. Wenn Sie das tun, vorher oder hinterher oder irgendwann, dann wird Ihr hübsches kleines Museum in Flammen aufgehen. Und sollten Sie es danach wieder herrichten, wird es erneut brennen. Und wieder. Und … Sie verstehen schon.*«

Der Zweite Detektiv ließ das Papier sinken. »Ziemlich übel«, urteilte er.

»Wenn ich das höre«, sagte Justus, »stelle ich mir vor allem eine Frage: Warum in aller Welt fordert der Erpresser das Stück nicht jetzt schon? Warum wartet er bis zur Auktion?«

4. DEZEMBER

Spur ins Rentier-Paradies

Sie brauchten unbedingt weitere Informationen, zum Beispiel über Art und Ablauf der Auktion. Die konnten sie am besten von ihrem Auftraggeber erfragen. Ehe sie die Büro-Küche verließen, fotografierte Bob den Erpresserbrief – man konnte nie wissen, ob es im Verlauf der Ermittlungen hilfreich sein würde, rasch eine exakte Formulierung nachlesen zu können.

Mr Harper saß diesmal alleine an seinem Empfangstisch. Schlecht fürs Geschäft, aber gut, um ungestört mit ihm reden zu können. Justus erklärte ihm, worüber sie sich den Kopf zerbrachen. »Warum also will der Erpresser bis zur Auktion warten, und auch noch bis zum zweiten Tag?«, fragte er. »Er könnte es direkt jetzt erledigen. Das wäre einfacher und für ihn sicherer.«

»Wahrscheinlich geht es um eines der Stücke, die sich nicht hier im Haus befinden«, sagte Aaron Harper und nestelte dabei nervös mit den Fingern an der Spitze seines langen Barts. »Was auf die meisten der wertvolleren Sachen zutrifft.«

Justus dachte daran, dass der Einbrecher – zumindest Mr Harpers Einschätzung nach – nichts gestohlen hatte. »Aber Sie könnten das Objekt doch sicher auch schon vor der eigentlichen Auktion besorgen und übergeben.«

»Klar könnte ich das. Aber ich müsste es dann Michael erklären und er würde sich wohl wundern.«

»Michael?«, hakte Bob nach. »Wen meinen Sie damit? Lagern bei ihm diese Objekte?«

Der Auftraggeber der drei ??? nickte hastig. »Ja, es war noch gar keine Zeit, euch davon zu erzählen. Ich führe die Auktion nicht allein durch. Oder besser gesagt, die meisten Stücke, die dort versteigert werden, gehören nicht mir. Tatsächlich war es sogar die Idee von Michael. Michael Watkins. Er hat mich vor zwei Monaten hier im Museum besucht. Ich kannte ihn damals schon – also, seinen Namen, meine ich. Er ist ein sehr bekannter Händler von Weihnachtssammlerstücken. Jeder in der Szene kennt ihn. Sein Laden liegt in Los Angeles. Und er handelt mit absolut allem, was irgendwie mit Weihnachten zu tun hat und auf irgendeine Weise ungewöhnlich ist. Von seltenen historischen Kartenspielen mit Weihnachtsmotiven, die in China hergestellt worden sind, bis hin zu Briefen an den Weihnachtsmann, die von späteren Berühmtheiten in ihrer Kindheit geschrieben wurden. Er hatte schon wirklich alles in seinen Händen, was ihr euch nur vorstellen könnt.«

»Und offenbar noch ein bisschen mehr«, warf Peter ein.

Mr Harper lachte kurz. »Ja, die Weihnachtssammler sind, wie gesagt, ein ganz eigenes Völkchen. So ein Brief, wie ich ihn eben erwähnt habe, kann da schon mal ein paar hundert Dollar bringen. Jedenfalls hat Michael Watkins mir eine Zusammenarbeit vorgeschlagen – eben die Auktion. Mein Museum bietet dafür den perfekten Rahmen und Michael stellt die meisten Stücke zur Verfügung.«

»Und um eines davon geht es dem Erpresser«, sagte Bob nachdenklich. »Woher weiß er überhaupt davon? Und wie kann er sicher sein, dass das Stück nicht schon am ersten Tag versteigert wird? Haben Sie in der Werbung für die Auktion die einzelnen Stücke genau benannt und auch auf die Tage zugeteilt, Mr Harper?«

»Nicht alle, aber etliche, ja, meistens sogar mit Fotos. Das sind sozusagen die Zugpferde, die die Interessenten dazu bringen sollten, die Auktion zu besuchen. Und die besten Stücke gibt es erst am Sonntag.«

»Dann können wir mit einiger Wahrscheinlichkeit die Auswahl einschränken auf die Stücke, die beworben worden sind und für den zweiten Auktionstag anstehen«, stellte Justus fest.

»Wir müssen unbedingt alle öffentlich zugängliche Werbung sehen«, ergänzte Bob. »Ich nehme an, ich kann das meiste im Internet finden?«

»Sogar alles, was Michael oder ich dazu veröffentlicht haben. Es gibt eine eigene Homepage zur Versteigerung.«

Justus knetete nachdenklich seine Unterlippe und stellte eine weitere Frage in den Raum: »Wenn das begehrte Stück momentan noch im Besitz von Mr Watkins ist – warum wurde dann nicht bei ihm eingebrochen?«

»Denkfehler, Justus!«, sagte Peter.

»Ach?«

»Wer sagt dir, dass das nicht vielleicht passiert ist? Schließlich weiß Mr Watkins umgekehrt auch nichts von den Vorgängen hier im Museum.«

»Verflixt, Kollege, du hast recht! Und das heißt, dass wir uns bei diesem Mr Watkins dringend umsehen müssen. Mr Harper, sind Sie einverstanden, dass wir uns in Ihrem Namen an ihn wenden und ihn einweihen?«

Ihr Auftraggeber zögerte. »Es ist ja notwendig, oder?«

»Es würde die Dinge sehr vereinfachen«, stellte Justus fest. »Und er scheidet als Täter wohl aus, wenn das Ausstellungsstück sowieso ihm gehört.«

»Dann tut das!«

»Könnten Sie bei ihm anrufen und uns ankündigen?«, bat Peter.

Mr Harper tat den Jungen den Gefallen und Michael Watkins erklärte sich bereit, die drei Detektive noch am Nachmittag zu empfangen.

Dreißig Minuten später waren die drei ??? in Peters MG auf dem Weg nach Los Angeles. Die Fahrt verlief ohne Zwischenfälle und bald parkte Peter in einer ruhigen Wohngegend am Rand der Stadt.

Bei der Hausnummer 19 handelte es sich um ein unscheinbares Einfamilienhaus mit einem kleinen, mäßig gepflegten Vorgarten. Mr Watkins' Geschäft lief nur über Versand, einen

Verkaufsladen gab es nicht. Unter der Klingel stand, doppelt unterstrichen:

Michael Watkins
Rentier-Paradies
Alles für den Weihnachtssammler

Bob lachte über die Bezeichnung des Ladens und klingelte. Es dauerte nicht lange, bis die Tür geöffnet wurde. Ein schmaler Mann mit grauen Augen, die hinter dicken Brillengläsern riesig wirkten, sah die drei ??? nacheinander an. »Ihr müsst die Detektive sein, die Aaron mir angekündigt hat.«

Justus bestätigte. »Danke, dass Sie Zeit für uns haben.«

»Schnickschnack! Ist ja in meinem Interesse, dass der Stinkstiefel gefunden wird, der Aaron erpresst. Kommt rein, kommt rein!« Damit gab er die Tür frei und winkte sie hastig ins Haus. Er führte seine Besucher durch einen Flur in ein Wohnzimmer und deutete auf ein etwas abgewetztes Sofa, auf dem die Jungen gerade so zu dritt Platz fanden. »Wollt ihr was trinken?«

»Wenn es Ihnen keine Mühe …«

»Papperlapapp! Ich habe es euch doch angeboten.« Er verschwand durch eine zweite Tür und kehrte kurz darauf mit drei Flaschen Limonade zurück. »Ich konnte kaum glauben, was Aaron mir erzählt hat«, sagte er, während er ihnen die Getränke reichte und einen Öffner aus der Hosentasche zog. »Da will jemand eins der Stücke so sehr haben, dass er einen Erpresserbrief schreibt und droht, das Museum abzufackeln. Wisst ihr, es sind tolle Stücke dabei, aber so wertvoll ist keines, dass man es bei so großem Interesse nicht bezahlen könnte. Mit ein bisschen Glück bringen die besten Stücke zwei- oder dreitausend Dollar, mehr dürfte nicht drin sein.«

»Können wir die Stücke sehen?«, fragte Justus.

»Sie sind hinten in meinem Lager. Gut gesichert übrigens. Aaron sagte, bei ihm ist eingebrochen worden. Das soll hier nur mal jemand versuchen, der wird sich die Zähne ausbeißen an meiner Alarmanlage.«

Die drei ??? warfen sich bedeutungsschwere Blicke zu. Das könnte durchaus der Grund sein, warum der Erpresser nicht versucht hatte, direkt hier einzubrechen.

»Trinkt was, dann bring ich euch hin«, sagte Mr Watkins.

»Mir ist aufgefallen«, sagte Peter, »dass Sie hier gar keinen Weihnachtsschmuck haben. Ich …«

»Potzblitz! Hast du gedacht, dass es hier aussieht wie in Aarons Weihnachtsmuseum? Ich handele mit dem ganzen Firlefanz, aber das heißt nicht, dass ich das Zeug in meiner Freizeit auch noch ständig sehen will. Also, das soll jetzt nicht bedeuten, dass es nur Wunderplunder wäre! Bei mir bekommt der Kunde Qualität, und meine teureren Stücke sind echte Raritäten. Aber das ist die Arbeit, versteht ihr? Und die sollte man vom Privaten schön getrennt halten.«

»Verstehe«, sagte der Zweite Detektiv. »Ich wollte Ihnen nicht zu nahe treten.«

»Ach, Pillepalle! Mach dir keine Sorgen, alles in Ordnung. So, kommt ihr mit?«

Er führte sie zurück auf den Flur und durch eine Terrassentür nach draußen in den hinteren Garten, in dem ein Extragebäude stand. Das musste das erwähnte Lager sein. Mit einem typischen Gartenhäuschen hatte es auch wenig gemeinsam. Es war eher eine Art massiv gemauerte Garage, ohne Fenster und mit einer Eisentür. Darüber hing eine deutlich sichtbar angebrachte Überwachungskamera.

Justus stutzte, als er sie ansah. »Moment bitte«, bat er, als Mr Watkins aufschließen wollte.

»Was hast du?«

Statt auf die Frage zu antworten, stellte der Erste Detektiv sich auf die Zehenspitzen. »Tatsächlich!«, sagte er. »Seht euch das an, Kollegen! Da hat jemand Matsch auf das Objektiv der Überwachungskamera geschmiert. Wenn ihr mich fragt, hat sehr wohl jemand versucht, hier einzubrechen!«

5. DEZEMBER

Eine Handvoll Matsch

»Donnerwetter noch eins!«, rief Michael Watkins. »Deshalb gab es also neulich dieses Rambazamba!«

»Was meinen Sie damit?«, fragte Justus.

»Ich habe euch ja von der Alarmanlage erzählt. Wenn jemand die Tür öffnet, ohne dass er den korrekten Schlüssel benutzt – es also mit einem Dietrich versucht oder mit Gewalt –, dann heult ein Alarm los. Alle paar Wochen kommt es aber vor, dass es einen Fehlalarm gibt. Meistens, wenn es stark windig ist, dann rüttelt die Tür ein bisschen, das genügt.« Er lachte. »Meine Nachbarn sind schon ziemlich genervt davon.«

»Und in letzter Zeit gab es so einen Fehlalarm?«, fragte Peter.

»Vorgestern, kurz vor Mitternacht!«

»Und es könnte sein, dass seitdem die Kamera verschmiert ist und Sie das nicht bemerkt haben?«

»Klar«, meinte Mr Watkins. »Ich sitze ja nicht herum und schaue mir die Aufzeichnungen an wie ein Wachmann in irgend so einem Verbrecherfilm. Die Kamera ist nur zur Abschreckung da. Und dafür, dass man im Nachhinein eine Aufnahme ansehen könnte, wenn etwas passiert ist.«

»Verstehe«, meinte Justus. »Und nach dem Fehlalarm …«

»Ach, das war doch nur Tralala! Also, das hab ich zumindest gedacht. Als der Alarm losging, lag ich zwar schon im Bett, war aber noch wach. Ich bin sofort nach draußen, und da war niemand. Mal wieder ein Fehlalarm, hab ich gedacht und ihn ausgeschaltet.«

»Tatsächlich jedoch«, sagte der Zweite Detektiv, »hatte jemand die Kamera unschädlich gemacht und sich anschließend das Türschloss vorgenommen.« Er kniete sich vor dem Schloss hin und musterte es genau. »Man sieht hier typische Kratzspuren. Sie glänzen noch, die können nicht sehr alt sein. Ich vermute, dass dabei der Alarm ausgelöst worden ist. Der Einbrecher ist sofort abgehauen, Sie haben nichts gesehen, die Sirene abgeschaltet und den Vorfall vergessen.«

»Gut kombiniert, Kollege«, sagte Justus. »Anschließend hat derjenige im Museum eingebrochen, gehofft, dass er dort fündig wird, das Gewünschte jedoch nicht gefunden und …«

»… und sich«, fiel Michael Watkins ihm ins Wort, »schwuppdiwupp überlegt, Aaron zu erpressen! Tja, wenn ich dieser Schurke wäre, dann würde ich auch lieber diesen Hasenfuß Harper erpressen als mich. Bei mir hätte der auf Granit gebissen, sag ich euch!«

Der Erste Detektiv nickte. »So sieht es aus. Wir können das natürlich nur vermuten, aber dieser Ablauf der Dinge hat meines Erachtens eine hohe Wahrscheinlichkeit.«

Sie untersuchten die Tür auf weitere Spuren, Fingerabdrücke zum Beispiel, wurden jedoch nicht fündig.

Mr Watkins schloss daraufhin auf. »Entschuldigt das Tohuwabohu hier drin«, sagte er. »Ich finde mich in dem Chaos bestens zurecht und sonst kommt normalerweise niemand hier rein.«

Im Lager türmten sich Kartons vor überquellenden Regalen und es lagen haufenweise gefüllte Tüten und Säcke herum.

»Hier sind die Teile, die bei der Auktion versteigert werden.« Michael Watkins deutete auf einen Stapel von fünf Holzkisten.

»Wie viele Objekte sind es insgesamt?«, fragte Bob.

Mr Watkins dachte nach. »Fünfzig ungefähr. Vielleicht sechzig oder siebzig.«

»Und wie viele, die ein wenig mehr Geld wert sind?«, hakte der dritte Detektiv nach. »Sie hatten ja gesagt, dass die besten Stücke immerhin ein paar tausend Dollar einbringen werden.«

»Einbringen *könnten*, Junge«, verbesserte Michael Watkins. »Nicht einbringen werden. Das weiß man bei einer Auktion nie. Am Ende bringt vielleicht irgendein blöder Krimskrams am meisten Geld, weil zwei Teilnehmer ihn unbedingt haben wollen und sich gegenseitig immer wieder mit einem höheren Preis überbieten.« Watkins öffnete die oberste Kiste.

Justus schaute hinein. Er sah ein Buch in einer durchsichtigen Plastikhülle, einige verschlossene Pappkästchen und einen Glaskasten, in dem sich eine Miniatur-Weihnachtskrippe befand. »Darf ich?«, fragte er.

Watkins nickte. »Sei aber bitte vorsichtig.«

»Natürlich.« Der Erste Detektiv nahm das Buch heraus. Es handelte sich um *Eine Weihnachtsgeschichte* von Charles Dickens, einen berühmten Romanklassiker.

»Eine einigermaßen seltene Ausgabe«, erklärte Watkins. »Das ist so ein Fall, bei dem man ziemlich genau sagen kann, dass es etwa zweihundert Dollar einbringen wird. Das Buch bekommt man auch sonst in Antiquariaten, und niemand, der sich auskennt, wird mehr als das bezahlen. Aber ich werde es auch nicht für viel weniger anbieten. Warum sollte ich? Wenn ich es für fünfzig oder hundert Dollar verscherbeln würde, würde der Bieter es – zappzarapp! – einfach im nächsten Antiquariat für zweihundert verkaufen. Das könnte ich dann ja lieber selber tun, haha! Die meisten Stücke bei der Auktion sind aber ungewöhnlicher. Einzelstücke. Und da kommt es immer darauf an, ob jemand sie haben will. Bei vielen Sachen weiß man das einfach nicht.«

»Verstehe«, sagte Justus, legte das Buch zurück und hob vorsichtig die Mini-Krippe heraus.

»Die stammt aus Deutschland«, erklärte Watkins. »Ist etwa hundert Jahre alt. So was hab ich schon für 500 Dollar verkauft. Aber diese biete ich schon lange in meinem Versandhandel an, doch das Ding ist ein verdammter Ladenhüter. Wenn es bei der Auktion für einen Hunderter rausgeht, ist das zwar ärgerlich, aber besser als nichts.«

Nun mischte sich Bob in das Gespräch ein. »Irgendwelche speziellen Schätze sind also nicht dabei. Über die Frage nach dem Wert kommen wir also nicht weiter. Ich werde mir heute noch genau ansehen, was Sie beide in der Werbung bekannt gegeben haben.«

»Ich schätze«, meinte Michael Watkins, »das werden etwa zwanzig, vielleicht dreißig Teile sein, sie sind alle auf der Homepage der Auktion zu sehen. Und die meisten davon sind für Sonntag angekündigt – klar, die besten Stücke eben. Klingt mühsam, was du dir da vorgenommen hast.«

»Derartige Recherchen gehören zur Detektivarbeit dazu«, sagte Bob. »Das bin ich gewöhnt. Wenn ich den Hintergrund der jeweiligen Stücke herausfinde, könnte das Aufschluss über den Täter geben. Vielleicht tauchen Fragen zu einzelnen Objekten auf, dann kann ich mich ja sicher an Sie wenden?«

»Klar. Ich gebe dir meine Handynummer, auf der du mich ständig erreichen kannst.«

Auf dem Weg zurück ins Haus sagte Justus: »Ich würde mir gern die Aufzeichnung der Überwachungskamera rund um den Moment ansehen, an dem sie verschmiert worden ist. Vielleicht ist dem Einbrecher ja ein Fehler unterlaufen und wir können etwas erkennen.«

»Kein Problem«, versicherte Mr Watkins. »Die Aufnahmen werden automatisch auf meinem Computer im Büro gespeichert.« Er führte die drei ??? ins Obergeschoss und sie quetschten sich in den kleinen Raum.

Mr Watkins rief die Aufzeichnungen der Kamera ab. »Es war vorgestern, kurz vor Mitternacht. Ich gehe zu der entsprechenden Stelle.«

Das Bild zeigte die Tür und ihre Umgebung in Schwarz-

Weiß – eine Aufnahme mit einer Nachtsichtkamera im Dunkeln. Am Bildschirmrand wurde die aktuelle Zeit eingeblendet – 23:35 Uhr.

»Ich lasse das Video schneller ablaufen«, kündigte Watkins an. Am Bild selbst veränderte sich nichts, unten lief die Minutenanzeige in raschem Tempo weiter. 23:36 … 23:37 … 23:38 …

Bei 23:46 huschte etwas durchs Bild, zu schnell, als dass man es hätte erkennen können.

»Stopp!«, forderte Justus. »Gehen Sie bitte zurück.«

Ein paar Klicks später zeigte das Bild wieder 23:45 Uhr an. Ungeduldig warteten die vier Zuschauer, bis um 23:46 Uhr erneut die Bewegung zu sehen war, diesmal in Echtzeit.

»Eine Katze«, sagte Peter enttäuscht. »Na, die wird wohl kaum der Übeltäter sein.«

Das, worauf sie eigentlich gewartet hatten, passierte um 23:52 Uhr. Eine Hand schob sich vor die Kamera – ganz dicht, von der Seite kommend. Die Person trug einen Handschuh und im nächsten Moment wurde das Objektiv mit Matsch verschmiert. Danach zeigte das Bild schlicht und einfach nichts mehr.

»Eine Sackgasse«, zog Justus ein frustrierendes Resümee. »Die Person wusste, was sie tat. Sie hat sich aus dem toten Winkel der Kamera genähert. Das war's dann hier wohl erst mal für uns.«

Die drei ??? bedankten sich bei Mr Watkins und machten sich zurück auf den Weg nach Rocky Beach.

6. DEZEMBER

Tschadraabalyn

Am Abend erstellte Bob noch eine Liste mit den beworbenen Auktionsstücken und zeigte sie am nächsten Vormittag seinen Freunden in der Zentrale der drei ???.

»Es sind 22 Objekte auf der Homepage zu sehen«, erklärte der dritte Detektiv. »Wovon sich siebzehn im Besitz von Mr Watkins befinden. Die restlichen fünf stammen von Aaron Harper. Um diese geht es mit einiger Wahrscheinlichkeit nicht, sonst hätte der Einbrecher sie aus dem Museum mitnehmen können. Wobei es aber nicht unmöglich ist, dass er sie im Museum einfach nicht gefunden hat – also beziehe ich sie in die Recherche mit ein. Vier der Stücke sind allerdings schon für die Auktion am Samstag angekündigt, fallen also deshalb weg. Bleiben achtzehn.«

Auf der Liste standen sowohl Dinge, die jeder auf einer Weihnachtsauktion erwarten würde, aber auch so manches, was die drei ??? verblüffte, weil sie nicht gedacht hätten, dass es erstens so etwas gab und dass sich zweitens jemand besonders dafür interessieren könnte. Porzellantassen mit Weihnachtsmotiven aus dem 19. Jahrhundert. Eine Krippe mit Koala und Känguru statt Ochse und Esel. Eine Wollmütze, die in dem Film *Kevin – allein zu Haus* benutzt worden war. Dieser lag sogar ein Echtheits-Zertifikat bei.

»Wie findet ihr das hier?«, fragte Peter. »Ein Globus, auf dem die Route markiert ist, die der Weihnachtsmann nimmt, um die Geschenke zu verteilen.« Er konnte sich ein Grinsen nicht verkneifen. »Garantiert echt.«

»In dem Fall«, erklärte Bob, »geht es ja darum, dass es ein einmaliges Kunstwerk ist – allerdings ist der Künstler nicht sonderlich berühmt. Mir gefällt besonders dieses Stück Stoff, das angeblich von dem Mantel stammt, in dem jemand zum allerersten Mal in den Niederlanden als Nikolaus aufgetreten ist. Also als Sinterklaas, wie er dort heißt. Es gibt natürlich leider keinen Beweis, dass der Stoff tatsächlich daher stammt. Und in Fachkreisen zweifelt man die Echtheit sehr stark an.«

»Zweifellos echt ist allerdings offenbar Objekt Nummer elf«, sagte Justus. »Eine Fotografie der Stadt Yiwu in China, unterschrieben vom amtierenden Bürgermeister.«

»Und was hat das mit Weihnachten zu tun?«, fragte Peter.

»Yiwu ist die Stadt, in der weltweit der meiste Weihnachtsschmuck hergestellt wird«, erklärte Justus. »Und das, obwohl in China nur sehr wenige Menschen überhaupt Weihnachten feiern. Darüber habe ich neulich einen Artikel gelesen.«

Alles in allem gab es keinen klaren Hinweis, worauf es der Erpresser abgesehen haben könnte.

Die drei ??? hofften deshalb auf das Weihnachtsdinner, das um sechs Uhr starten sollte. Sie statteten ihrem Auftraggeber im Museum in der Mittagspause noch einmal einen Besuch ab und besprachen in seinem Privatbereich das weitere Vorgehen. Die drei ??? wollten an dem Essen teilnehmen und mit den anderen Anwesenden sprechen. Da diese alle auch bei der Auktion dabei sein würden, konnte es durchaus sein, dass der Erpresser einer von ihnen war, weil er auf diese Weise stets über alles informiert blieb.

Mitten im Gespräch klingelte es.

Aaron Harper seufzte. »Da macht man eine Stunde Mittagspause und schon kommen Besucher. Nicht, dass mir sonst die Gäste die Tür einrennen würden. Wartet hier, ich komme gleich zurück.« Er verließ den Raum.

Und kehrte keine drei Minuten später in Begleitung eines Mannes zurück. Dieser hatte schwarzes Haar und asiatische Gesichtszüge. »Darf ich vorstellen«, sagte Mr Harper, »das ist mein Ehrengast bei dem Essen und der Auktion. Ich habe ihn schon erwähnt. Tschadraabalyn Jawuuchulan forscht an der Nationaluniversität der Mongolei über Weihnachtsbräuche aus aller Welt und wie sie sich in seinem Heimatland auswirken.«

»Sehr erfreut«, sagte Peter und ergriff die Hand des Mongolen, die dieser ihm hinhielt. »Peter Shaw.« Auch die anderen stellten sich kurz vor.

»Ich finde die Fragestellung sehr spannend, Mr Jawuuchulan«, sagte Justus. »Gibt es in der Mongolei tatsächlich auch Menschen, die Weihnachten feiern?«

»Du hast dir meinen Namen gemerkt«, sagte der Wissenschaftler. »Erstaunlich.«

»Das gebietet mir der Respekt, Sir«, sagte der Erste Detektiv. »Und so schwierig ist das auch gar nicht – Tschadraabalyn Jawuuchulan.«

»Also ich finde das durchaus schwierig«, meinte Peter.

»Alle, die es sich nicht merken können – und das ist in diesem Land nahezu jeder –, können mich einfach Tschadra nennen.« Der Mongole wandte sich an Justus. »Und zu deiner Frage: ja und nein. Eigentlich kennt man Weihnachten in der Mongolei nicht. Aber auch wenn die meisten Leute die dahinterstehenden Bräuche nicht verstehen, kann man in unseren Läden Weihnachtsmänner aus Schokolade kaufen. Bei uns ist dessen Kostüm aber blau statt rot. Und wir nennen ihn einfach den Winteropa.«

Peter musste grinsen. »Wirklich?«

»Sei dir versichert, dass ich manches in Amerika genauso ungewöhnlich finde«, sagte der Wissenschaftler lächelnd. »Und genau deshalb erforsche ich die Weihnachtsbräuche. Ich halte mich deswegen zurzeit in Amerika auf. Als ich von Mr Harpers Veranstaltung las, habe ich mich sofort angemeldet. Sie gibt mir die Gelegenheit, mit einigen der größten Liebhaber von Weihnachtssammlerstücken zu sprechen.«

Aaron Harper sah auf die Uhr. »Die sicher nach und nach hier eintrudeln werden. Alle haben im *Panorama View Hotel* gebucht, das liegt nur ein paar Minuten von hier entfernt. Ein ziemlich hochtrabender Name übrigens. Eine tolle Aussicht bietet es eigentlich nicht. Wahrscheinlich sind die meisten schon dort angekommen und werden im Laufe des Nachmittags mal im Museum vorbeischauen.«

Mit dieser Prognose sollte er recht behalten. Als er nach der Mittagspause öffnete, wartete bereits ein Paar vor der Tür, das sich als Jakub und Ewa Krawczyk vorstellte. Die beiden *liebten* Weihnachten, wie sie mehrfach betonten, und waren in ihrem Heimatland Polen die wohl bekanntesten Sammler. Sie hatten tatsächlich extra für die Auktion die weite Reise auf sich genommen. »Wobei wir sowieso endlich einmal nach Amerika fahren wollten«, sagte Ewa Krawczyk. Ihre Stimme klang weich und melodiös.

Kurz danach traf ein etwa fünfzigjähriger, auffallend dürrer Amerikaner ein – Ethan Coleman. »Das Ehepaar Krawczyk«, sagte er und schüttelte beiden übertrieben stark die Hand. »Ich habe von euch gehört! Eure Sammlung ist legendär! Jakub, Ewa … ich darf euch doch beim Vornamen nennen, ja? Ich bin Ethan!«

Die beiden Polen waren von so viel Überschwang sichtlich überrumpelt, stimmten aber freundlich zu.

Um drei Uhr war der Eingangsbereich des Museums fast überfüllt von immer mehr Teilnehmern der Auktion. Hin und wieder schwirrte ein fröhliches Hallo umher, man kannte sich in Weihnachtssammler-Kreisen.

Aaron Harper stellte die drei ??? als seine Helfer vor, die er für das Essen und die Auktion engagiert hatte. Als das Museum um vier Uhr schloss und die Gäste noch einmal ins Hotel gingen, um sich frisch zu machen, räumten die Jungen für die Veranstaltung einen Raum weitgehend frei. Es war ausgerechnet der, durch dessen Fenster eingebrochen worden war. Die Krippen brachten sie in den Keller und schoben die Tische zusammen. Weitere schleppten sie aus dem Keller nach oben, ebenso Stühle. Die Festtafel wurde mit Tannenzweigen und Kugeln weihnachtlich dekoriert. Das Buffet würde später von einem Restaurant um die Ecke angeliefert werden.

Eine Viertelstunde vor Beginn war alles bereit. Aaron Harper öffnete, und bald füllte sich der Raum. Alle nahmen an der großen Tafel Platz. Mit den drei ??? und dem Museumsbesitzer selbst waren es 23 Personen. Der Tisch war jedoch für 24 Personen gedeckt, wie es dem polnischen Weihnachtsbrauch entsprach: Für alle Fälle sollte es Platz für einen unerwarteten Gast geben. Die drei ??? verteilten sich an der Tafel, der freie Platz lag direkt neben Bob.

Die Jungen verfolgten aufmerksam die Gespräche unter den Gästen. Die meisten waren freundlich zueinander, nur hin und wieder gab es kleine Eifersüchteleien, meist wenn es um bestimmte Sammlerstücke ging, die die Besucher besaßen. Man freute sich für den anderen, missgönnte aber auch manches.

Aaron Harper klimperte schließlich mit einem Löffel an ein Glas, und Ruhe kehrte ein. »Ich freue mich, dass Sie von nah und fern gekommen sind! Sie alle haben nicht nur Hunger – hoffentlich jedenfalls …« Er legte eine kurze Pause ein, und am Tisch lachten manche. »… sondern nehmen auch an der

Auktion teil. So können wir ein schönes gemeinsames Wochenende verbringen. Meine Helfer haben einige bereits kennengelernt.« Er stellte Justus, Peter und Bob kurz mit Namen vor.

»Ihr seid sozusagen die helfenden Weihnachtselfen!«, rief der immer noch überschwänglich gut gelaunte Ethan Coleman.

»Außerdem ist ein besonderer Gast anwesend – ein Wissenschaftler aus der Mongolei. Es ist mir eine Ehre, Tschadraabalyn Jawuuchulan vorstellen zu können. Er forscht über Weihnachtsbräuche in aller Welt und freut sich, mit Ihnen als Fachleuten sprechen zu können.«

»Nennen Sie mich einfach Tschadra«, warf der Mongole ein.

Mr Harper fuhr fort: »Das Essen ist zu Ehren unserer Gäste aus Polen nach einem Brauch aus diesem Land geordnet. Zwölf Gänge, für jeden Monat einen. Also bitte ich Sie … halten Sie sich ran!« Erneut gab es Gelächter. »Heute Abend sollen alle sich kennenlernen und eine gute Zeit zusammen haben. Unser Hobby, unsere Leidenschaft verbindet uns. Ich bin sicher, wir können so einiges voneinander erfahren. Die eigentliche Auktion findet morgen statt. Dann wird auch Michael Watkins zu uns stoßen, von dem die meisten Stücke stammen, wie Sie wissen. Und heute nach dem Essen steht mein kleines bescheidenes Museum natürlich für einen Rundgang offen. Aber nun genug geredet!« Er schaute auf die Uhr. »In spätestens fünf Minuten sollte das Restaurant die ersten Gänge liefern.«

Peter schaute auf die Uhr, die über dem Fenster hing. Er zuckte zusammen. Dort – am Fenster! Durch das Glas starrte aus leeren Augenhöhlen ein knochiger Pferdeschädel herein.

7. DEZEMBER

Mari Lwyd

Der lang gezogene Schädel näherte sich der Fensterscheibe und stieß schließlich gegen das Glas. Ein hohles Tacken erklang, das sich rhythmisch wiederholte, als der Skelettkopf sich immer wieder zurückzog und zustieß. Als ob er anklopfte.

Peter starrte mit weit aufgerissenen Augen dorthin, und dann erklang von draußen ein furchtbares Geräusch – eine Mischung aus dumpfem Wiehern und menschlichem Schreien. Auch Justus und Bob wurden nun darauf aufmerksam.

Aaron Harper stand ruckartig auf. »Wie es aussieht, bekommen wir Besuch«, sagte er.

Der Erste Detektiv fand diese Reaktion ihres Auftraggebers überraschend. Er wirkte nicht erschrocken oder gar entsetzt, eher … ja, was? Ein wenig überrascht oder verärgert?

Ethan Coleman ließ sich ebenfalls nicht aus der Ruhe bringen und legte weiterhin gute Laune an den Tag. »Mari Lwyd! Eine nette Aktion!« Er grinste in Richtung Aaron Harper. »Unser lieber Veranstalter hat sich so einiges ausgedacht!«

»Damit habe ich nichts zu tun«, versicherte der Museumsleiter. »Aber ich werde herausfinden, was das soll!« Er eilte in Richtung Ausgang.

Der Pferdeschädel zog sich vom Fenster zurück.

»Mari Lw-was?«, fragte Bob seine Freunde. »Was hat Mr Coleman eben gesagt?«

Dieser bewies, dass er gute Ohren hatte. »Mari Lwyd«, wiederholte er. »Ein walisischer Brauch.«

»Allerdings keine echte Weihnachtstradition«, merkte Jakub Krawczyk an. »Eher etwas, das im Anschluss an Weihnachten stattfindet, in der Zeit bis Neujahr. Da will wohl jemand so tun, als würde er sich auskennen, aber in Wirklichkeit liegt er knapp daneben.«

Diese Einschätzung erntete spöttisches Gelächter von einigen Anwesenden. Ob es Jakub Krawczyk galt oder dem Unbekannten draußen vor der Tür, wurde dabei nicht klar.

»Ach«, tönte daraufhin eine Stimme aus Richtung des Eingangs, »ihr glaubt, da hat jemand nicht richtig mitgedacht?« Es war eine Frauenstimme, die diese Worte in den Raum rief.

Nun stand Jakub Krawczyk auf und drehte sich zur Tür. »Sieht so aus, oder hast du nur Spaß gemacht?«

Die drei ??? warfen sich verwunderte Blicke zu. Das wurde immer seltsamer. Was sollte diese Antwort?

»Mein Lieber, ich weiß ganz genau Bescheid!«, rief die Frau zurück. Dann kam sie in den Raum. Sie war ungewöhnlich groß und hatte schulterlange, braune Haare, von ein paar grauen Strähnen durchzogen. Ihr folgten ein etwas ratloser und nun eindeutig verärgert aussehender Aaron Harper und eine eigenartige Gestalt. Offenbar trug da eine Person – wahrscheinlich auf einem Stab – den skelettierten Pferdekopf vor sich her. Mensch und Stab waren aber vollständig von einem weißen Laken verborgen. Wie bei einem Gespensterkostüm gab es nur zwei Schlitze zum Hindurchsehen. Der Pferdekopf war noch mit bunten Bändern geschmückt.

Jakub öffnete den Mund und schloss ihn wieder. Dann wies er mit der Hand auf die übrigen Gäste.

Tschadraabalyn Jawuuchulan stand auf und rief: »Darum kommt ihr ja auch zu zweit!«

Nun war den drei ??? klar, was hier vor sich ging. Einmal hätte es Zufall sein können, aber nicht zweimal nacheinander. Die Fremde sagte etwas, und ihr musste darauf in Form eines Reims geantwortet werden!

»Aber sag uns, warum bist du hier?«, fragte Tschadra nun seinerseits.

Die Antwort ließ nicht lange auf sich warten: »Es gibt hier viele interessante Leute, und nicht nur vier!«

»Pah«, rief Ethan Coleman. »Ganz schlechter Reim! Mach weiter so und wir gewinnen den Wettbewerb.« Er sprach dabei überhaupt nicht im Tonfall eines Gedichts und sein Beitrag wurde offenbar auch nicht als solcher gewertet, sondern einfach ignoriert.

Stattdessen rief die Frau in die Runde: »Eigentlich hätt ich ja singen müssen, doch das wollt ich euch ersparen!«

»Na, zum Glück!«, rief ein vollbärtiger Mann, der sich bislang nur als Barney vorgestellt hatte, »sonst wär ich nach Haus gefahren!«

Dieser Reim rief eine Menge Gelächter hervor.

Währenddessen fing die Gestalt unter dem Laken an, durch den Raum zu gehen, und stieß dabei mit dem Skelettkopf mal hierhin, mal dorthin. Dabei gab sie dumpfe Laute von sich.

Aaron Harper stellte sich hinter Justus und flüsterte: »Gewinnen wir, vertreiben wir die Mari Lwyd. Verlieren wir, müssen wir ihr Speis und Trank gewähren. Es kommt darauf an, immer einen passenden Reim zu finden. Wer zu lange braucht, hat verloren!«

»Du tauchst hier auf und nervst uns, weil es dir gerade passt!«, sagte Mr Coleman in scharfem Tonfall. Seine zuvor so deutlich zur Schau gestellte gute Laune war plötzlich wie weggewischt.

Die Frau war um eine Reim-Antwort nicht verlegen, ging dabei aber nicht auf den Angriff in Colemans Worten ein: »Kommt das Essen denn bald? Ich hab etwas Hast!«

»Dann stör uns nicht weiter und verschwinde!«, forderte Ethan Coleman.

Sie warf ihm einen Blick zu. »Du bist wohl sauer, und das nicht nur gelinde.«

»Dazu hab ich ja auch allen Grund«, sagte Mr Coleman. »Hör auf zu reimen, Abigail!« Er warf einen Blick in die Runde. »So wie ich sie kenne, wird sie sich sowieso nicht vertreiben lassen. Überlassen wir es unserem Gastgeber, ob sie bleiben darf.«

Abigail deutete auf das überzählige Gedeck. »Platz wäre ja. Als hättet ihr mit mir gerechnet.« Sie lächelte schmallippig.

»Das ist ein Brauch aus Polen«, stellte Mr Harper klar. »Aber ich ging davon aus, dass …«

»Natürlich«, unterbrach sie ihn. »Ich hätte mich anmelden sollen. Leider habe ich erst spät von der Auktion erfahren. Darum dachte ich, ich trete mit einem Knall auf. Etwas Atmosphäre, eine gute Show zur Unterhaltung. Aber wie es aussieht, wird es mir nicht von jedem gedankt. Nicht wahr, Ethan? Jedenfalls denke ich, dass ich gewonnen habe. Der gute Ethan jedenfalls hat nicht gereimt.«

»Meine Meinung habe ich gesagt«, erwiderte der Angesprochene. »Ich sehe keinen Grund, mich weiter mit dir zu unterhalten. Und schon gar nicht ziehe ich mir den Schuh an, dass wir meinetwegen verloren hätten!«

Aaron Harper seufzte. »Mein Vorschlag ist, dass Mrs Jensen am Essen und der Auktion teilnehmen darf.« Offenbar kannte er sie ebenfalls, ihr Nachname war bislang noch nicht gefallen. »Von mir aus als Siegerin der Mari-Lwyd-Aktion. Deshalb sind Sie eingeladen. Es gibt eh mehr als genug zu essen.«

Abigail Jensen grinste breit. »Danke.« Sie ging zu der Pferdegestalt und zog den Schädel samt Stab unter dem Laken hervor. Mit einer theatralischen Verbeugung lehnte sie ihn in eine Zimmerecke. Es dauerte eine Weile, bis die Figur dort sicher stand. »Mein Gastgeschenk an Sie, Mr Harper.« Mrs Jensens Helfer blieb unter dem Laken verborgen und verließ nun mit einem letzten hohlen Wiehern den Raum.

Im selben Moment wurde vom Restaurant der erste Gang des Weihnachtsmahls geliefert.

Abigail Jensen setzte sich auf den freien Platz neben Bob. Während das Essen verteilt wurde, strahlte sie den dritten Detektiv an und streckte ihm die Hand hin. »Abigail Jensen«, sagte sie. »Aber das hast du ja schon gehört.«

»Es ließ sich nicht vermeiden«, sagte Bob, »denn ein paar waren echt empört!«

Das brachte Mrs Jensen zum Lachen. »Guter Reim.«

Bob entging dabei nicht der giftige Blick, den Ethan Coleman von der anderen Tischseite herüberwarf.

8. DEZEMBER

(K)ein gemütliches Beisammensein

Die aufgewühlte und bei Ethan Coleman sogar geradezu frostige Stimmung schlug bald wieder ins Positive um, als alle zu essen begannen. Allgemein wurde betont, wie köstlich es schmeckte. Zahlreiche Einzelgespräche entstanden am Tisch.

Bob nutzte die Gelegenheit, weiter mit Mrs Jensen zu sprechen. »Sie scheinen ziemlich bekannt zu sein.«

»In unseren kleinen Weihnachtssammler-Kreisen kennt man eigentlich jeden«, meinte sie. »Na ja, fast jeden – dich zum Beispiel habe ich noch nie gesehen.«

»Ich bin mit meinen beiden Freunden«, Bob deutete auf Justus und Peter, »hier, um Mr Harper während der Auktion zu helfen.«

»Viel Spaß dabei. Und was mich angeht, bei aller Bescheidenheit – meine Sammlung ist nicht gerade klein. Was wohl auch der Grund ist, warum unser geschätzter Gastgeber meine

Teilnahme noch erlaubt hat. Bei der Versteigerung morgen wird sich das mit einiger Wahrscheinlichkeit für ihn lohnen.« Sie lachte. »Ich bin eine gute Bieterin.«

»Mit Ethan Coleman verbindet Sie jedoch offenbar nicht gerade eine Freundschaft?«

»Du bist zwar ganz schön neugierig, Junge«, antwortete sie, »aber ja, dem kann ich nicht widersprechen. Wir haben uns lange nicht gesehen, aber bei unserem letzten Treffen – das ist …« Sie stockte. »Puh! Ich weiß nicht genau, es ist jedenfalls ziemlich lange her. Damals habe ich ihm ein seltenes Sammlerstück vor der Nase weggeschnappt. Das nimmt er mir wohl immer noch übel. Wahrscheinlich befürchtet er, dass es sich morgen wiederholen wird.«

Mit jedem Gang, der frisch aufgetischt wurde, stieg die Stimmung weiter. Obwohl die drei ??? ja gewusst hatten, wie üppig das Essen werden würde, und sich deshalb jeweils nur sehr wenig von den einzelnen Speisen genommen hatten, fühlten sie sich am Ende, als müssten sie platzen. Den letzten Gang, eine köstliche Sahne-Lebkuchencreme, verschmähten sie trotzdem nicht.

Drei Stunden später ergriff Aaron Harper das Wort, indem er erneut mit einem Löffel gegen ein Glas klimperte. »Ich danke allen für diesen angenehmen Abend. Morgen ist der erste Tag der Auktion! Wir starten um zwei Uhr am Nachmittag, hier in diesem Raum. Vorher müssen meine drei Helfer und ich noch einiges umbauen, damit alles für die Versteigerung passt. Für heute möchte ich die Tafel nun auflösen. Ihr übernachtet alle im *Panorama View Hotel*. Dort könnt ihr den Abend ausklingen lassen. Es gibt leider keine Bar, aber ich habe mich darum gekümmert, dass ihr im Frühstücksraum sitzen könnt und euch bis mindestens Mitternacht Getränke serviert werden.«

Die meisten brachen direkt auf. Nur ein Teilnehmer, Henry Bishop, der erst am Abend aus dem nicht sehr weit entfernten Santa Clarita angereist war, schlenderte noch ein paar Minuten durch das Museum. Die drei ??? halfen beim Abräumen.

Als auch Mr Bishop wenig später aufbrach, lud er die Jungen bei der Verabschiedung ein, doch ebenfalls noch mit ins Hotel zu kommen. »Als fleißige Helfer habt ihr euch das verdient«, meinte er. »Ich gebe euch eine Limo aus.«

Dieses Angebot nahmen die drei Detektive gerne an, und Mr Harper entließ sie, zumal sie den Umbau des Raums erst am nächsten Vormittag erledigen wollten. Die Jungen hatten ohnehin vorgehabt, noch im Hotel vorbeizuschauen, Mr Bishop bot ihnen dafür eine sehr unauffällige Gelegenheit. Während des Essens war es schwer gewesen, mit einzelnen Teilnehmern zu reden, weil alle so dicht zusammensaßen. Im Hotel konnten sie dem einen oder der anderen hoffentlich ein wenig mehr auf den Zahn fühlen. Würde einer der Gäste besonderes Interesse an einem der Stücke bekunden? Stammte der Erpresser aus ihrem Kreis und wollte auf diese Weise sichergehen, dass er alles im Auge behalten konnte? Sobald sich jemand in dieser Hinsicht verdächtig machen sollte, wollten die drei Detektive mit gezielten Fragen so unauffällig wie möglich nachbohren.

Das Hotel lag nur einen fünfminütigen Fußmarsch entfernt. Sie wurden von der jungen Frau hinter der Rezeption herzlich empfangen. Neben einem kleinen Glöckchen stand ein Adventskranz mit dicken roten Kerzen. »Gehören Sie auch zur Weihnachtsauktion?«, fragte sie und sprach das letzte Wort mit einer besonderen Betonung aus, ungefähr so, wie man etwas *wirklich* Sonderbares beim Namen nannte. Etwa rollschuhlaufende Wasserschweine oder einen Kinderwagen mit Raketenantrieb.

Mr Bishop bestätigte und die Hotelangestellte bat die vier neuen Gäste, einmal um die Ecke zu gehen, den Flur entlang, und dann die erste Tür zu nehmen.

Dahinter, im Frühstücksraum, hatte sich ein gutes Dutzend der Auktionsgäste versammelt. Ein Weihnachtsbaum neben dem Tresen fürs Buffet war über und über mit Lametta und lila Kugeln behangen. Munteres Stimmengewirr schlug den Neuankömmlingen entgegen. Man hatte die Tische zur Seite geschoben, die Gäste standen in kleinen Gruppen zusammen und plauderten miteinander. Ethan Coleman und Abigail Jensen waren dabei, standen allerdings weit genug voneinander entfernt und in verschiedenen Grüppchen, um ihren Privatstreit nicht länger fortführen zu müssen. Tschadraabalyn Jawuuchulan kam auf Mr Bishop zu und vertiefte sich in ein Gespräch mit ihm.

Justus, Peter und Bob wollten sich gerade unter das Volk mischen, als ein Mann den Raum betrat und nach Getränkewünschen fragte. Man bestellte dies und das, und Mr Bishop löste sein Versprechen ein und orderte für die drei ??? jeweils eine Limo. Der Hotelangestellte verließ den Raum und kehrte bald darauf mit einem großen, gut gefüllten Tablett zurück. Er servierte die Bestellungen und sammelte dann leere Gläser ein.

Inzwischen führten die drei ??? ein Gespräch mit Jakub Krawczyk und Abigail Jensen. Sie standen zu fünft bei einem Fenster, das ein paar Zentimeter nach oben geschoben worden war, um frische Luft hereinzulassen. Genauer gesagt, saß Mrs Jensen halb auf der Tischplatte, neben ihr das Bier, das sie bestellt, aber noch nicht angerührt hatte. Gerade fragte sie: »Stimmt es, dass du handbemalten Christbaumschmuck aus dem Himalaja besitzt, Jakub?«

»Na und ob!«, sagte dieser begeistert und stellte das Glas ab, das er gerade vom Kellner in die Hand gedrückt bekommen hatte. Er zückte sein Handy und tippte darauf herum. »Ich habe die Kugeln bei einer Reise nach Nepal selbst gekauft, in einer der wenigen christlichen Kirchen dort. Warte kurz, ich zeig dir die Fotos. Moment … ja, hier!« Er hielt Mrs Jensen das Telefon hin.

Sie war ganz hingerissen von den Bildern. »Ich weiß nicht, ob ihr es verstehen könnt«, sagte sie zu den drei ???, »aber für so etwas könnte ich glatt einen Mord begehen.« Sie reichte Mr Krawczyk das Handy zurück. »Keine Angst, Jakub, das war natürlich nicht ernst gemeint. Aber die Kugeln sind einfach ein Gedicht!«

»Ich bin ziemlich stolz darauf. Aaron hat mich sogar gefragt, ob ich eine für die Auktion zur Verfügung stelle, aber ich kann mich nicht davon trennen.« Er steckte das Telefon ein, griff wieder sein Bier und trank einen großen Schluck.

»Auf welches Stück sind Sie beide morgen bei der Versteigerung denn am meisten gespannt?«, fragte Bob im Plauderton.

»Ehrlich gesagt, hoffe ich auf eine Überraschung«, sagte Mrs Jensen. »Es wurden ja nicht alle Teile in der Werbung angekündigt. Wer weiß, was da noch auf uns wartet.«

Jakub Krawczyk verzog das Gesicht und stellte sein Bier zurück auf den Tisch. »I-ich ...« Ein Ächzen folgte.

»Ja?«, fragte Abigail.

»Es ist mir ... Ich ...« Er wischte sich mit dem Handrücken über die Stirn und räusperte sich. »Also ich hoffe darauf, dass ich den Globus ersteigern kann, der ...« Bei den letzten Worten brach seine Stimme. Er atmete mit offenem Mund tief ein und aus. Oder versuchte es zumindest. Dann griff er in den Halsausschnitt seines Shirts und weitete ihn. »Kriege – keine Luft!« Aus seiner Kehle kam ein würgendes Geräusch. Dann knickte er in den Knien ein und fiel um.

9. DEZEMBER

Die verschwundene Spur

Peter reagierte geistesgegenwärtig und fing Jakub Krawczyk auf, ehe dieser mit dem Kopf auf den Boden schlug. Das Gewicht des Mannes zog ihn nach unten, doch es gelang dem Zweiten Detektiv, ihn halbwegs sanft abzulegen.

Rufe gingen im Raum durcheinander. »Was ist passiert?« – »Hat er einen Herzanfall?« – »Ruft einen Krankenwagen!«

»Er bekommt keine Luft!«, rief Peter. »Wir müssen Erste Hilfe leisten.«

»Bring ihn in eine stabile Seitenlage«, forderte Justus.

Ewa Krawczyk kniete sich neben ihren Mann und legte ihm die Hand an die Wange. »Was ist mit dir?«

Bob schob das Fenster weiter auf, unter dem Jakub am Boden lag. Kühle Nachtluft strömte herein.

Der Mann versuchte keuchend zu atmen. Seine Lippen zitterten. Dass seine Frau bei ihm war, beruhigte ihn offenbar ein wenig. Seine Atemzüge wurden etwas langsamer. Die Gesichtszüge aber waren leichenblass.

»Ich habe den Notruf gewählt«, sagte Ethan Coleman mit nervöser Stimme. Er hielt das Handy am Ohr. Dann sprach er hinein und gab die grundlegenden Informationen durch. Er hörte kurz zu, nannte noch einmal die Adresse und legte auf. An alle gerichtet fuhr er fort: »Es wird etwa zehn Minuten dauern, bis ein Notarzt kommt.«

Jakub Krawczyk zitterte nun am ganzen Körper und seine Augen flatterten, aber er atmete weiter. Peter fühlte seinen Puls. Er ging langsam, aber einigermaßen gleichmäßig.

Justus fragte Ewa: »Hat er gesundheitliche Probleme?«

»Nein, er … Also, nichts Besonderes«, sagte sie fahrig. »Keine Herzprobleme oder was immer das auch ist. Ich verstehe es überhaupt nicht, wieso gerade jetzt … Also, das ist doch …« Sie brach ab, als sich die Lippen ihres Mannes bewegten.

Er sprach leise, kaum hörbar, ein paar stotternde Worte. »… keine … Sorgen …« Ewa nahm seine Hand.

Peter stand auf. Zusammen mit Justus und Bob zog er sich etwas zurück, an den Rand des großen Frühstücksraums. »Die Sache stinkt doch!«, sagte der Zweite Detektiv. »Es ging ihm die ganze Zeit über gut, und ganz plötzlich, mitten im Gespräch, bekommt er keine Luft und kollabiert.«

»Das sehe ich genauso«, meinte Justus. »Und zwar …« Er stockte. »Moment! Er hat unmittelbar vor dem Zwischenfall etwas getrunken. Wie hast du gesagt, Peter? ›Die Sache stinkt‹. Vielleicht war da was im Bier!«

»Gift?«, fragte Bob mit weit aufgerissenen Augen und sah sich im Raum um. »Du glaubst, jemand hat ihn … vergiftet?«

»Sei leise«, forderte Justus und sprach selbst im Flüsterton weiter. »Niemand soll wissen, welchen Verdacht wir hegen. Denn wenn ihn tatsächlich jemand vergiftet hat, ist der Täter oder die Täterin mit einiger Wahrscheinlichkeit noch hier im Raum.«

»Die Getränke wurden vorhin erst serviert«, sagte Peter, »und wir haben unsere als Letzte bekommen. Jemand könnte unterwegs unbemerkt ein Pulver hineingetan haben, wenn er sich einigermaßen geschickt angestellt hat.«

Der Erste Detektiv fluchte leise. »Ich bin mir sogar sicher, dass es genau so gelaufen ist.«

»Wieso?«, fragte Peter.

Justus nickte. »Dieser Jemand hat sofort dafür gesorgt, seine Spuren zu verwischen. Denn im Trubel direkt nach Mr Krawczyks Zusammenbruch …«

»Verflixt«, fiel Bob ihm ins Wort, der sich während Justus' Erklärung umgeschaut hatte. »Das Bierglas, aus dem er getrunken hat! Es ist weg!«

»Exakt, Kollege«, sagte der Erste Detektiv. »Das Glas, das da noch steht, ist das von Mrs Jensen – das ist nämlich noch randvoll. Wie kann es nur sein, dass ich nichts bemerkt habe …?«

»Wir dachten, es stirbt vielleicht jemand«, sagte Peter.

»Aber ein guter Detektiv hätte …«

»Ein guter *Mensch*«, fiel Peter ihm ins Wort, »kümmert sich zuerst um das Opfer!«

Dem konnte Justus nicht widersprechen.

Tatsächlich dauerte es weniger als zehn Minuten, bis der

Krankenwagen eintraf. Nach einer ersten Untersuchung versicherte der Notarzt, dass keine Lebensgefahr bestand. Er würde den Patienten zur Untersuchung in die Klinik bringen, aber seine Werte waren stabil.

Nach dem Zwischenfall löste sich die eben noch muntere Plauderrunde der Auktionsteilnehmer schnell auf. Alle zogen sich in ihre Zimmer zurück.

Nur die drei ??? blieben noch, um der Frage nachzugehen, wie der Giftanschlag genau abgelaufen war. Sie suchten nach dem verschwundenen Glas, obwohl das wenig Erfolg versprach. Es war natürlich möglich, dass das Glas zum Beispiel in der Toilette einfach ausgeschüttet und leer zurückgestellt worden war, doch wie sollten sie es dann erkennen?

Als der Kellner in den Raum kam, um die Tische wieder für das Frühstück aufzustellen, wunderte er sich, dass die drei ??? noch da waren. Justus nutzte die Gelegenheit, ihn zu fragen, ob ihm in der letzten Stunde etwas Besonderes aufgefallen war.

»Was meinst du damit?«, fragte der Mann. Er sah ziemlich erschöpft aus.

»Als Sie die letzten Getränke gebracht haben – standen diese vorher eine Zeit lang irgendwo unbeobachtet?«

»Eine seltsame Frage«, sagte der Kellner. »Wahrscheinlich nicht. Ich schenke ein, was bestellt worden ist, und bringe die Gläser her. Ganz normal eben.«

»Es hat Sie auch niemand angesprochen? Gerade vor der letzten Getränkelieferung nicht?«

Der Blick des Mannes verengte sich. »Dir ist schon klar, dass das eigenartige Fragen sind, die du da stellst? Aber gut, ich sage dir, wie das so läuft: Beim Servieren wird man ständig angesprochen. Der eine bestellt noch etwas, der andere will bezahlen oder fragt, wo sein Bier bleibt.«

Der Erste Detektiv erkannte, dass sie so nicht weiterkommen würden. »Danke«, sagte er deshalb. »Ich will Sie nicht weiter aufhalten.«

Der Kellner nickte ihm nur zu und widmete sich wieder den Tischen.

Die drei ??? machten sich müde auf den Weg nach Hause. Nach dem Giftanschlag auf Jakub Krawczyk fragten sie sich, was der morgige Tag bringen würde und wie weit ihr unbekannter Gegner, der Weihnachtserpresser, wohl noch gehen wollte.

10. DEZEMBER

Krankenbesuch

Nur bedingt ausgeschlafen trafen sich die drei ??? am nächsten Morgen in der Zentrale. Dort wollten sie sich kurz besprechen, ehe sie zu ihrem Auftraggeber ins Museum gingen. Dieser erwartete sie um neun Uhr, damit sie sich vor Ort umsehen und alles für die Versteigerung herrichten konnten, die um zwei Uhr mittags beginnen sollte. Für zehn Uhr hatte sich Michael Watkins angekündigt, um die Kisten mit seinen Versteigerungsobjekten zu bringen. Die Jungen stellten Vermutungen an, was ihr Gegner mit dem Giftanschlag auf Jakub Krawczyk – wenn es denn einer gewesen war – bezweckt haben könnte. Peter mutmaßte, dass ein unliebsamer Konkurrent aus dem Weg hatte geräumt werden sollen.

»Aber warum ausgerechnet er?«, stellte Bob die entscheidende Frage.

»Was das angeht«, meinte Justus, »müssten wir mehr über ihn erfahren. Vielleicht können wir mit ihm oder seiner Frau sprechen.«

»Das übernehme ich«, sagte Bob. »Er ist gestern Abend in die Klinik gebracht worden, und es ging ihm den Umständen entsprechend gut. Ich werde hinfahren und hoffentlich zu ihm vorgelassen. Immerhin waren wir direkt dabei, als er zusammengebrochen ist.«

Also trennten sich die drei ??? wenig später. Während Justus und Peter mit den Fahrrädern zum Weihnachtsmuseum fuhren, machte sich Bob mit seinem Käfer auf den Weg zum Memorial Hospital. Dort fragte er an der allgemeinen Besucherinformation, wo er Mr Krawczyk finden konnte. Die Angestellte hinter dem Tresen, eine mürrische Frau mit langen, schwarzen Locken, tippte den Namen in den Computer und schickte Bob in den vierten Stock. »Aus dem Aufzug raus nach links, den Gang entlang, durch die Glastür, die zweite Möglichkeit rechts. Dort meldest du dich vorne im Schwesternzimmer an. Verstanden?«

»Zuerst nach links und …«

»Jaja, du hast es offenbar verstanden.« Sie tippte dabei schon wieder auf der Tastatur.

Bob musste nur kurz auf den Aufzug warten. Oben sprach er direkt eine Krankenschwester an. Diese erwies sich als wesentlich freundlicher und schickte ihn in Zimmer neun. Er klopfte und trat ein.

Drei Betten gab es im Raum. Auf dem, das der Tür am nächsten stand, saß ein älterer Mann, das mittlere war leer. Mr Krawczyk lag im Bett am Fenster, auf einem Stuhl daneben saß seine Frau.

Ewa Krawczyk sah Bob überrascht an. »Das ist aber nett, dass du vorbeikommst.«

»Meine Freunde und ich haben uns Sorgen gemacht. Ich hoffe, ich störe nicht.«

Jakub Krawczyk schüttelte den Kopf. »Ich freue mich über deinen Besuch, danke.« Seine Stimme klang matt und erschöpft, aber es war kein Vergleich zu dem atemlosen Krächzen, mit dem er gestern noch um Luft gerungen hatte. »Es ist nicht gerade angenehm, in einem fremden Land im Krankenhaus zu liegen.«

»Nicht, dass es zu Hause sonderlich schön wäre«, ergänzte seine Frau. Das brachte ihn zum Lächeln.

Der Mitpatient stand auf und verließ mit schlurfenden Schritten das Krankenzimmer, was dem dritten Detektiv sehr recht war. Je nachdem, wie das Gespräch verlief, war es besser, wenn niemand sonst zuhörte.

»Wie geht es Ihnen?«, fragte Bob.

»Viel besser«, sagte Jakub.

»Aber weit entfernt davon, dass es ihm gut gehen würde«, ergänzte Ewa in einem leicht mahnenden Tonfall. »Trotzdem würde er am liebsten aus dem Bett springen und nach Hause gehen.«

»Zur Auktion«, verbesserte ihr Ehemann. »Aber mir ist schon klar, dass ich das nicht kann. Die Ärzte nehmen heute noch einige Untersuchungen vor, um sicherzugehen.« Er zog ein missmutiges Gesicht. »Die Auktion ist zumindest heute für mich gelaufen, das muss ich wohl einsehen.«

»Für uns«, verbesserte seine Frau. »Ich bleibe hier bei dir.«

»Du kannst ruhig …«

»Ach was, ich hätte dort sowieso keine ruhige Minute.«

»Das tut mir leid für Sie«, sagte Bob. Er hätte gern die Theorie, dass Mr Krawczyk vergiftet worden war, bestätigt bekommen, wusste aber nicht so recht, wie er das anstellen sollte. Dass es Jakub wieder besser ging, sprach dafür, dass ihn jemand zwar für die Auktion aus dem Spiel nehmen, ihm jedoch keinen ernsthaften Schaden hatte zufügen wollen. »Ich bin froh, Sie halbwegs wohlauf zu sehen. Ging es Ihnen denn schon vorher schlecht? Gab es irgendwelche Anzeichen?«

»Gar nicht«, sagte Jakub. »Das ist ja das Seltsame. Es kam ganz plötzlich. Mir war furchtbar übel, ich bekam kaum Luft.« Er hob die Schultern. »Die Ärzte sind sich zum Glück sicher, dass es kein Herzanfall war, obwohl manche Symptome passen. Sie sprechen von Stress. Die Reise von Polen hierher, die Aufregung … Mich hat das eigentlich gar nicht belastet, das habe ich zumindest geglaubt, aber vielleicht haben sie ja recht. Die Auktion …«

»Vergiss die doch jetzt mal«, forderte seine Frau barsch. »Sonst regst du dich doch gleich wieder auf.«

Jakub Krawczyks Schilderung machte es plausibel, dass die Gift-Theorie stimmte. Bob versuchte, mit seiner nächsten Frage möglichst unauffällig zu wirken. »Wollten Sie denn ein bestimmtes Objekt ersteigern? Also, hatten Sie an einem der angebotenen Stücke besonderes Interesse?«

Ewa sah ihm direkt in die Augen. »Wieso fragst du das?«

Fieberhaft suchte Bob nach einer guten Erklärung, die nicht darauf hindeutete, dass er Recherchen wegen einer im Hintergrund laufenden Erpressung und eines Giftanschlags anstellte. »Ich könnte Mr Harper mitteilen, dass Sie für dieses oder jenes Objekt ein Gebot in bestimmter Höhe abgeben möchten«, sagte Bob deshalb. »Immerhin waren Sie ja regulär für die Versteigerung angemeldet, da muss das doch möglich sein. Ja, ich könnte Sie vertreten.«

»Das ist sehr nett von dir«, meinte Ewa, »aber es ging uns nicht um irgendetwas Spezielles. Wir hätten bestimmt das eine oder andere Stück ersteigert, aber wir wollten einfach sehen, was auf uns zukommt. Und mit den anderen Teilnehmern sprechen. Es ist schön, so viele Leute zu treffen, die dasselbe verrückte Hobby haben.«

»Alles klar«, meinte Bob und versuchte, sich seine Enttäuschung nicht allzu deutlich anmerken zu lassen.

»Aber noch mal zu deiner Frage nach irgendwelchen Anzeichen«, sagte Jakub. »Es war schon verrückt, wie plötzlich diese Übelkeit gekommen ist. Ich trinke von dem Bier und denke noch, wie eigenartig es schmeckt …«

»Eigenartig?«, hakte Bob nach. Hatte er etwa das Gift darin geschmeckt?

Jakub lächelte matt. »Ich trinke nie Alkohol, weißt du, und hatte deshalb ein alkoholfreies Bier bestellt. Das muss der Kellner verwechselt haben. Jedenfalls war eindeutig Alkohol darin.«

»Könnte es denn davon gekommen sein?«, fragte Bob. »Also, ich meine, dass Sie auf den Alkohol so extrem reagiert haben?«

»Nein, bestimmt nicht. In dem Fall hätte ich gemerkt, dass mir ein bisschen schwummrig wird, weiche Knie und so, aber nicht mehr. Ich habe das Glas ja auch gleich weggestellt und wollte keinen großen Wind darum machen. Mir ist das ein wenig peinlich, dass ich so gar nichts vertrage. Und dann – zack! – hat es mich aus den Schuhen gehauen.«

»Das war schlimm«, sagte Bob beiläufig, dem plötzlich etwas völlig anderes durch den Sinn ging. *Das muss der Kellner verwechselt haben*, hatte Jakub Krawczyk gesagt. Der dritte Detektiv hielt es für gut möglich, dass es tatsächlich eine Verwechslung gegeben hatte – aber nicht unbedingt, weil der Kellner aus Versehen ein Bier mit Alkohol gebracht hatte. Vorstellbar war auch, dass Jakub ein Bier getrunken hatte, das eigentlich für einen der anderen Gäste bestimmt gewesen war.

Hatte womöglich jemand anderes vergiftet werden sollen?

11. DEZEMBER

Verhängnisvolle Verwechslung

Als Justus und Peter das Weihnachtsmuseum erreichten, ketteten sie ihre Fahrräder an und klingelten wenig später an der Tür. Ihr Auftraggeber öffnete und führte sie in den Raum, in dem gestern das polnische Weihnachtsmenü stattgefunden hatte und der heute nun für die Auktion hergerichtet werden musste.

Einen Teil der Arbeit hatte Aaron Harper bereits erledigt. Die Stühle waren zur Seite geräumt und einer der Tische in den Keller gebracht worden. In der Zimmerecke stand nach wie vor der hässliche Pferdeschädel auf dem Stecken. Eine eigenartige Weihnachtsdekoration, wie die drei ??? fanden, aber durchaus passend zu dieser sehr speziellen Gruppe von Menschen, die sich zur Auktion versammeln würde.

Mr Harper fragte nach Bob.

»Er geht einer anderen Spur nach.« Justus berichtete von dem Zwischenfall mit Jakub Krawczyk am gestrigen Abend, von dem ihr Auftraggeber bislang nichts wusste.

Dieser reagierte entsetzt. »Glaubt ihr wirklich, dass er vergiftet worden ist? Aber warum denn nur? Was hat Jakub mit der Sache zu tun?«

»Wir wissen es nicht mit Sicherheit, aber es spricht vieles dafür. Wir hoffen, dass Bob bei seinem Besuch im Krankenhaus mehr darüber herausfindet.«

»Was ist dieser Erpresser nur für ein Mensch?« Aaron Harper umklammerte die Kante des nächsten Tischs, der weggeräumt werden musste – so fest, dass seine Fingerknöchel weiß hervortraten. »Was wird er noch alles tun, um zu bekommen, was er will? Wo soll das alles noch hinführen?« Die Verzweiflung stand ihm ins Gesicht geschrieben.

»Wir dürfen unseren Gegner jedenfalls nicht unterschätzen«, stellte der Erste Detektiv fest. »Er oder sie ist offenbar entschlossen, sämtliche Mittel einzusetzen, um an das gesuchte Stück zu kommen.«

Ihr Auftraggeber trommelte mit den Fingern auf die Tischplatte. »Das alles macht mir Angst! Vielleicht hätte ich euch gar nicht in die Sache hineinziehen, sondern einfach das Stück morgen übergeben sollen, und die Sache wäre gelaufen. Bei dieser Auktion geht es ums Geschäft, klar, aber es sollte auch ein schönes Wochenende werden. Das große Weihnachtsmenü zum Auftakt, dann die beiden lockeren Auktionstage mit viel Freiraum für Gespräche unter den Sammlern. Wie ein Treffen mit alten Freunden. Und nun ist das daraus geworden.«

»Es war richtig, dass Sie uns als Detektive engagiert haben«, versicherte Justus. »Wir dürfen niemanden mit einer Erpressung durchkommen lassen. Oder mit einem Giftanschlag! Solche Verbrechen müssen aufgedeckt und die Täter zur Rechenschaft gezogen werden. Das gebietet die Gerechtigkeit.«

»Auch wenn es andere in Gefahr bringt?« Aaron Harper trat einen Schritt zurück und lehnte sich gegen die Wand. »Der arme Jakub.«

»An der Sache tragen Sie keinerlei Schuld«, versicherte Peter. »Zumal Sie ja noch gar nicht die Gelegenheit hatten, dem Erpresser das Stück zu übergeben. Sie wissen ja bislang nicht einmal, worum genau es sich handelt. Der Anschlag auf Mr Krawczyk hätte stattgefunden, egal ob Sie uns engagiert haben oder nicht.«

»Außerdem«, ergänzte Justus, »weiß unser Gegner ja mit einiger Wahrscheinlichkeit nichts von uns.«

Ihr Auftraggeber nickte. »Da habt ihr natürlich recht.«

Sie trugen die restlichen Tische in den Keller, bis auf einen, an dem Mr Harper als Auktionsleiter sitzen und die Stücke präsentieren würde, die es jeweils gerade zu versteigern galt. Die Stühle für die Teilnehmer stellten sie so im Raum auf, dass jeder einen guten Blick zum Tisch haben würde. Zwischendurch bot ihnen ihr Auftraggeber an, dass sie sich im Museum völlig frei bewegen konnten, auch in der Küche. »Ich habe dort heute nicht abgeschlossen. Ihr bedient euch einfach bei den Getränken, wann immer ihr wollt, ja? In den Schubladen findet ihr auch das, was ich *C&C* nenne.« Er grinste, und zum ersten Mal, seit er von dem Giftanschlag gehört hatte, sah er ein wenig entspannt aus. »Meine beiden Grundnahrungsmittel während eines Arbeitstags hier im Museum. Cookies und Cracker.«

Als sie den Raum fast wie gewünscht hergerichtet hatten, klingelte es. Michael Watkins brachte die Holzkisten mit den Sammlerobjekten, die er zur Auktion beisteuerte. Die erste schleppte er bereits mit sich und ließ sie mit einem Krachen auf den Boden fallen. »Na, habt ihr inzwischen etwas herausgefunden, Jungs?«

»Wir ermitteln«, sagte Justus, »und gehen der einen oder anderen Spur nach, aber der entscheidende Tag ist morgen.« Plötzlich durchfuhr ihn ein Gedanke. Die restlichen Kisten waren unbewacht in Mr Watkins' Wagen. Der Erste Detektiv konnte sich beinahe bildlich vorstellen, wie ihr Gegner mit einem Wagen heransauste, die restlichen Kisten klaute und wieder davonjagte, ehe sie ihn aufhalten konnten. »Wir sollten dennoch alles zügig ins Museum bringen und danach nicht mehr aus den Augen lassen. Sonst könnte der Erpresser …«

»Donnerlüttchen!«, unterbrach Mr Watkins. »Ich verstehe, du hast recht!«

Sie holten die übrigen Kisten herein.

»Den Rest schaffe ich alleine«, sagte Mr Watkins schließlich. »Jetzt sind nur noch Kinkerlitzchen im Wagen.«

Als alles im Haus war, bereiteten die beiden Männer die Auktion genauer vor, indem sie die Sammlerobjekte sortierten und in der Reihenfolge platzierten, in der sie versteigert werden sollten.

»Womit starten wir, Aaron?«, fragte Mr Watkins.

»Zuerst kommen ein paar harmlose Stücke. Eine alte Ausgabe von Burnetts *Der kleine Lord*. Sehr guter Zustand, aber fünfte Auflage.«

»Damit lockst du keinen hinter dem Ofen vor.«

»Ist ja nur zum Warmwerden«, meinte Harper. »Später gibt es bessere Stücke.«

Peter und Justus beschlossen, in die Küche zu gehen. Unterwegs summte Justus' Handy. »Eine Nachricht von Bob«, sagte der Erste Detektiv. »Er ist unterwegs zu seinem Käfer, fragt, ob wir im Museum sind, und kündigt an, dass er etwas Wichtiges herausgefunden hat.«

»Na, der macht's spannend«, sagte der Zweite Detektiv. Sie erreichten die Küche und Peter ging auf die Suche nach *C&C*.

Als Bob kam, waren noch genau ein Cookie und ein Cracker in den beiden Packungen übrig. Mit vollem Mund berichtete der dritte Detektiv von dem Gespräch im Krankenhaus und seiner Überlegung, dass eigentlich jemand anders hätte vergiftet werden sollen.

»Guter Gedanke, Kollege«, lobte Justus. »Und ich habe schon eine Vermutung, wen es hätte treffen sollen. Mrs Jensen! Ihr Glas stand auch auf dem Tisch. Mr Krawczyk hatte seines kurz abgestellt, um ihr diese Fotos auf dem Handy zu zeigen. Danach könnte er aus Versehen ihr Glas genommen haben! Eine für ihn verhängnisvolle Verwechslung, wegen der er nun im Krankenhaus liegt.«

»Also hätte es eigentlich sie treffen sollen!«, sagte Peter.

»Das ist nur eine Vermutung«, schränkte der Erste Detektiv ein. »Wir können nicht sicher sein. Aber wir müssen es in Betracht ziehen.«

»Also mir fällt da sofort jemand ein, der alles andere als erfreut darüber ist, dass Mrs Jensen aufgetaucht ist und bei der Versteigerung mitmischt«, sagte Bob.

»Du meinst Ethan Coleman.« Justus öffnete eine weitere Kekspackung, nahm einen Cookie heraus und drehte ihn zwischen den Fingern. »Aber wäre das nicht schon fast zu offensichtlich? Er wirft ihr böse Blicke zu, feindet sie an – und dann vergiftet er sie? Das klingt nicht nach dem sonst eher verschleiert vorgehenden Einbrecher und Erpresser, den wir bislang kennengelernt haben.«

»Es sollte ja niemand bemerken, dass ein Verbrechen vorliegen könnte«, stellte Bob klar. »Genau wie es jetzt niemand bei Jakub Krawczyk vermutet.«

»Niemand?«, fragte Peter. »Wir schon!«

»Ja, aber unser Gegner weiß nicht, dass Detektive vor Ort sind.« Justus winkte ab. »Wie auch immer, das ist alles Spekulation. Wir müssen sowohl Mrs Jensen als auch Mr Coleman genauer unter die Lupe nehmen und uns die richtigen Fragen stellen. Hätte es wirklich sie treffen sollen? Kann es Mr Coleman gewesen sein? Wie hätte er das Gift in ihr Glas bringen können? Und welches Motiv könnte er dafür haben?«

»Sie hat gesagt, dass sie ihm früher einmal ein Sammlerstück vor der Nase weggeschnappt hat«, erinnerte Bob, »und dass er eventuell befürchtet, dass sich das wiederholen könnte.«

»Aber wenn er der Erpresser ist und es nach seinem Plan läuft, wird es gar nicht erst zur Versteigerung des fraglichen Stückes kommen«, gab Justus zu bedenken.

Wieder klopfte es, und im selben Moment riss ihr Auftraggeber die Tür auf. Mit leichenblassem Gesicht streckte er den drei ??? etwas entgegen. »Ein neuer Brief!«, sagte er. »Ein neuer Erpresserbrief!«

12. DEZEMBER

Sinterklaas

Aaron Harper trat ein, gefolgt von Michael Watkins. Ihr Auftraggeber übergab den drei ??? einen Umschlag. »Ich habe ihn eben an der Eingangstür gefunden. Jemand muss ihn durch den Briefschlitz geworfen haben, während ich mit Michael im Auktionszimmer war!«

Justus nahm den Umschlag entgegen. »Wir hätten das Haus beobachten sollen«, entfuhr es ihm.

»Wir konnten nicht wissen, dass es so kommen würde«, meinte Peter. »Und wir können nicht überall zugleich sein.«

»Da hast du natürlich recht«, gab Justus zerknirscht zu. Er musterte den Brief genau. Wie beim ersten Mal handelte es sich um ein verschlossenes Kuvert, auf dem außen nur der Name

Aaron Harper

stand, eindeutig von einem Computer ausgedruckt, in derselben Schrift wie beim letzten Mal.

»Sie haben die Nachricht noch nicht gelesen?«, fragte Justus.

Mr Harper schüttelte hastig den Kopf. »Ich bin sofort zu euch gegangen. Na los, nun öffne schon!«

»Ja, Just«, drängte Peter.

»Ich muss erst noch …«

»Sapperlot!«, rief Mr Watkins. »Gar nichts musst du! Wir wollen wissen, was in dem Brief steht!«

Der Erste Detektiv musterte das Kuvert trotzdem noch genau, konnte aber keine besonderen Merkmale feststellen. Also holte er ein Messer aus einer Schublade und öffnete damit sauber den Briefumschlag. Er zog ein einzelnes Blatt heraus und faltete es auf. »*Harper*«, las Justus vor, »*Sie sollten sich das hier genau durchlesen und sehr gut überlegen, was Sie tun. Übergeben Sie das Sammlerstück – oder es passiert Ihnen dasselbe wie Jakub Krawczyk. Wenn Sie Glück haben! Denn es könnte auch weitaus schlimmer ausgehen für Sie. Sie haben genug Dummheiten gemacht. Diese drei Jungen … sie sollen sich zurückhalten und ebenfalls an den freundlichen Besuch aus Polen denken … Der Stoff des Sinterklaas, ihn will ich haben, und Sie werden ihn morgen früh übergeben, wenn Sie dazu aufgefordert werden! Dieser Brief ist eine Mahnung, dass Sie genau tun, was ich sage, und zwar meine letzte, gut gemeinte Mahnung, ehe ich andere Mittel nutzen werde.*«

Aaron Harper ließ sich auf einen Stuhl fallen. »Jetzt werdet auch noch ihr bedroht! Es tut mir leid. Geht nach Hause und …«

»Nein«, unterbrach Bob. »Wir geben nicht auf. Und es ist nicht das erste Mal, dass uns jemand bedroht. Dieser Brief gibt uns weitere Informationen. Erstens: Der Erpresser weiß von uns und dass Sie uns engagiert haben.«

»Fragt sich, woher«, warf Peter ein.

»Dem müssen wir dringend nachgehen«, stimmte Justus zu.

»Und zweitens«, fuhr Bob fort, »wissen wir jetzt, um welches Auktionsstück es eigentlich geht. Um den Stoff des Sinterklaas! Das ist eins der Teile, die auf der Homepage beschrieben worden sind. Es steht auf meiner Liste. Wir hatten also mit unseren Überlegungen recht. Es ist erstens eins der Stücke, die Michael Watkins gehören, und zweitens eins, das erst am Sonntag versteigert wird.«

»Tut mir leid«, meinte Peter, »ich weiß leider nicht mehr, was es mit diesem Stoffstück auf sich hat.«

»Es stammt von einem Kleidungsstück«, erklärte Bob, »das die Person getragen hat, die zum ersten Mal in den Niederlanden als Nikolaus aufgetreten ist. Der dort Sinterklaas genannt wird. Also, angeblich stammt es davon. Beweisen kann das natürlich niemand.«

»Stimmt, ich erinnere mich«, sagte der Zweite Detektiv.

»Jedenfalls will der Erpresser den Stoff – dem ersten Brief zufolge – morgen abholen lassen, ehe die Auktion beginnt«, ergänzte Justus. »Was wohl heißt, dass er damit rechnet, dass Mr Watkins es erst morgen hierherbringen wird.«

»Was aber nicht stimmt«, merkte dieser an. »Ich hatte alles im Wagen. Auch dieses Stoffstück.«

»Dann müssen wir es unbedingt in Sicherheit bringen!«, sagte Peter.

»Übergeben Sie es uns«, schlug Justus vor. »Wir werden es verstecken.«

»Und wo?«, fragte Watkins.

»Das können wir uns noch genau überlegen«, sagte der Erste Detektiv. »Wir müssen es nicht sofort erledigen. Unser Gegner rechnet damit, dass das Objekt seiner Begierde noch gar nicht hier ist. Während des ersten Auktionsteils behalten wir es ständig bei uns, in der Pause später bringen wir es in Sicherheit.«

Michael Watkins wirkte skeptisch. »Also ich weiß nicht …«

»Ich vertraue den dreien«, stellte Mr Harper fest. »Ich halte es für eine gute Idee.«

»Also gut, einverstanden«, sagte Watkins. »Ich hole das Stoffstück aus der Kiste und bringe es euch in die Küche.« Er verließ den Raum. Aaron Harper folgte ihm.

Die drei ??? blieben alleine zurück.

»Ich werde versuchen«, sagte Bob, »mehr über dieses Sinterklaas-Stoffstück herauszufinden. Am besten verziehe ich mich in die Zentrale. Dort kann ich ungestört arbeiten. Vielleicht bringt eine Recherche ans Licht, warum unser Gegner so sehr daran interessiert ist. Ethan Coleman ist momentan unser Hauptverdächtiger. Möglicherweise gibt es ja irgendeine Verbindung zwischen ihm und diesem Sammlerstück. Ich könnte das Stoffstück auch jetzt gleich mitnehmen und es in der Zentrale verstauen.«

»Besser nicht«, sagte Justus. »Ich glaube zwar, dass unser Gegner nichts von der Zentrale weiß … aber wir können nicht sicher sein. Vielleicht hat er Mr Harper ja doch beobachtet, als er zu uns auf den Wertstoffhof gekommen ist. Das könnte auch erklären, woher er überhaupt von uns weiß. Wir überlegen uns etwas anderes.«

»Einverstanden«, sagte Bob.

»Und beschränke dich bei deiner Recherche nicht auf Mr Coleman«, schlug Justus vor. »Der Verdacht ist doch sehr vage.«

»Klar, ich mache das ja nicht zum ersten Mal.«

Mr Watkins kam zurück. Er hielt einen kleinen Glaskasten in der Hand, etwa zehn bis fünfzehn Zentimeter lang, weniger als fünf Zentimeter breit und ebenso hoch. Das Glas war leicht abgedunkelt, wie bei einer Sonnenbrille. »Darin befindet sich der Stoff«, sagte er. »Geht vorsichtig damit um!«

»Der Kasten lässt sich doch öffnen, oder?«, fragte Justus.

»Das ist kein Problem.« Mr Watkins stellte die kleine Box auf den Tisch. »Das Glas ist getönt, damit weniger Licht hineinfällt. Das dient dazu, den alten Stoff zu schützen. Wenn ihr das Kästchen öffnen wollt … Hier, seht ihr den kleinen Haken an der Seite? Einfach nach rechts drücken und die Oberseite abheben. Ich verlasse mich auf euch, dass ihr vorsichtig damit umgeht.«

»Selbstverständlich«, versicherte Bob. Er musterte den Stoff durch das getönte Glas. Ein Stück in verblasstem Rot.

»Sieht unauffällig und wertlos aus«, meinte Peter. »Wenn das als Fetzen irgendwo herumliegen würde, könnte man es glatt in den Mülleimer werfen.«

»Bei vielen Dingen erkennt man den Wert nicht auf den

ersten Blick«, sagte Michael Watkins. »Nimm zum Beispiel irgendeine Briefmarke, die einem Sammler aus dem Album flattern würde. Flippediflapp, landet sie auf dem Boden. Vielleicht ein superwertvolles Stück. Dann kommt jemand, der keine Ahnung von Briefmarken hat, findet die Marke und klebt sie auf einen Brief … ratzfatz haut irgendein Postmensch einen Stempel drauf und sie ist nichts mehr wert.«

»Das wäre eine Katastrophe«, sagte der dritte Detektiv.

Mr Watkins bat die drei ??? noch einmal, auf jeden Fall vorsichtig zu sein. Dann verließ er die Küche. Bob verabschiedete sich ebenso und machte sich auf den Weg in die Zentrale.

»Und was machen wir jetzt damit?«, fragte Peter. Er nahm das Glaskästchen in die Hände.

»Wie besprochen – wir tragen es bei uns. Zum Glück ist es ziemlich klein. Es könnte … Hm, hast du deine Sonnenbrille dabei, Peter?«

Statt einer Antwort zog der Zweite Detektiv ein Brillenetui aus der Hosentasche. »Du willst, dass ich es einfach wie eine Brille mit mir in der Hosentasche rumtrage?«

Justus grinste. »Warum nicht?«

Peter versuchte sein Glück. Tatsächlich passte der Kasten in das Etui, wenn er die Brille herausnahm. Kurz darauf verschwand es wieder in seiner Hosentasche. Die Brille legte der Zweite Detektiv in die *C&C*-Schublade.

Sie hörten Stimmengemurmel und verließen die Küche. Mr Harper und Mr Watkins waren nicht mehr allein – fünf Auktionsteilnehmer waren jetzt schon eingetroffen, obwohl noch anderthalb Stunden Zeit blieben. Tschadraabalyn Jawuuchulan war darunter, auch Abigail Jensen und Henry Bishop. Leider fehlte Ethan Coleman, dem die Detektive besonders gern auf den Zahn gefühlt hätten.

»Ich muss euch bitten, noch zu warten«, sagte Mr Harper gerade. »Meine Vorbereitungen sind noch nicht abgeschlossen. Ihr könnt euch im Museum umsehen, wenn ihr wollt. Nur der Auktionsraum bleibt tabu. Ah, Justus, Peter, gut dass ihr hier seid. Einer von euch könnte uns dort noch helfen.«

»Das erledige ich«, sagte Justus.

Die Übrigen verteilten sich in den Ausstellungsräumen. Peter wollte einen Versuch starten, mit Mrs Jensen zu sprechen. Vielleicht konnte er unauffällig etwas herausfinden, was ihre Theorie stützte, dass sie das Giftopfer hatte werden sollen.

Mrs Jensen ging allein in einen kleinen Raum des verschachtelten Museums, in dem eine Menge verschiedener Weihnachtsbaumschmuck präsentiert wurde.

Peter tat, als wäre er zufällig ebenfalls dort und an den Stücken sehr interessiert. »Können Sie mir etwas über diese … äh, Sammlung von getrockneten Lebkuchen erzählen?«, bat Peter.

»Lange genug getrocknet und gut konserviert eignen sich Lebkuchen hervorragend als Weihnachtsschmuck«, sagte sie und brachte daraufhin etliche Beispiele von typischen Motiven, mit denen solche Lebkuchen verziert wurden. Sie war sichtlich in ihrem Element und erzählte voller Begeisterung.

»Worauf freuen Sie sich bei der Auktion besonders?«, fragte Peter in einer Atempause.

»Ach, richtig spannend wird es erst morgen, wenn es um die teuren und interessanten Stücke geht. Es gibt ja auch eine Menge Quatsch wie diesen Weihnachtsglobus oder Zeug, das man überall bekommt. Ein *Der-kleine-Lord*-Buch, meine Güte!« Sie lachte. »Aber wer weiß, vielleicht findet sich dazwischen auch eine Perle.«

»Ich wünsche Ihnen jedenfalls viel Erfolg«, sagte Peter. »Ich muss jetzt mal schauen, ob ich Mr Harper noch etwas helfen kann. Bis später, Mrs Jensen!«

Der Zweite Detektiv rannte beinahe zum Auktionsraum, in dem Justus mit Mr Harper und Mr Watkins die zu versteigernden Stücke sortierte. Er drängte den Ersten Detektiv, mit ihm zur Küche zu gehen.

Dort erst erzählte er seinem Freund, was gerade passiert war – und endete mit den Worten: »Sie hat sich verraten! Das *Der-kleine-Lord*-Buch, das sie erwähnt hat, steht nicht auf der Liste der angekündigten Sammlerstücke. Aber vorhin habe ich gehört, dass Mr Harper es im Auktionsraum Mr Watkins gegenüber erwähnt hat. Da waren noch keine Gäste da. Sie kann es unmöglich mitbekommen haben – außer sie hört den Raum irgendwie ab! Und das würde auch erklären, warum in dem neuen Erpresserbrief steht, dass wir Detektive sind! Wenn sie den geschrieben hat, hat sie es erfahren, weil wir mit Mr Harper im Auktionsraum darüber gesprochen haben!«

»Fantastisch, Kollege!«, lobte Justus. »Und ich hege da eine klare Vermutung …«

13. DEZEMBER

Santa Super Spezial

Bob saß in der Zentrale der drei ??? und brütete über einem Artikel auf der Internetseite eines Weihnachtsspezialisten mit dem sonderbaren Namen *Santa Super Spezial.* Dort ging es unter anderem um die Namen und Erscheinungsformen von Nikolaus und Weihnachtsmann in verschiedenen Ländern – eben auch in den Niederlanden.

So erfuhr Bob Genaueres über den dort so genannten Sinterklaas. Die Tradition ging bis ins 15. Jahrhundert zurück, die erste Erwähnung gab es im Jahr 1427 in der Sint-Nikolaas-Kirche in Utrecht. »*Angeblich*«, stand in dem Artikel, »*soll sogar ein Stück Stoff aus dem Mantel des allerersten Sinterklaas, der dort Anfang Dezember Geschenke für die Kinder gebracht hat, heute noch existieren. Mehr darüber erfahrt ihr hier!*« Das letzte Wort war mit einem Link unterlegt.

Bob klickte ihn an. Eine weitere Unterseite von *Santa Super Spezial* öffnete sich. Dort zeigte ein ziemlich unscharfes Bild ein Stück verblichenen roten Stoff mit unebenen Rändern. Die

Bildunterschrift dazu lautete: »*Vom Mantel des erstn Sinterklaas!*« Bob sah noch mal hin, aber er hatte sich nicht getäuscht – in dem Text war ein Tippfehler. Das weckte nicht gerade Vertrauen in die Qualität des Artikels. Der dritte Detektiv las ihn trotzdem.

Darin stand, dass das Stück aus dem Sinterklaas-Mantel vor etwa dreißig Jahren im Nachlass eines niederländischen Weihnachtssammlers aufgetaucht war. Die Erben hatten dessen gesamten Bestand einem Onlinehändler übergeben, der die Stücke für sie verkauft hatte.

Der Stoff war damals nach Deutschland gegangen. Im Artikel stand »*Deutscland*«. »*Aber ich habe den Weg weiterverfolgt*«, schrieb der Verfasser des Artikels, der nur mit dem Kürzel BR genannt wurde. »*Das war gar nicht einfach, aber für meine Leser auf* SSS« – womit *Santa Super Spezial* gemeint war – »*ist mir keine Mühe zu grß.*« Bob dachte, dass ein wenig mehr Mühe beim Tippen nicht geschadet hätte. »*Von Deutschland wanderte das Stück weiter nach Frankreich zu Madame Camille – ja, tatsächlich, zu ihr persönlich! Sie wiederum hat es nach Amerika verkauft, wollte aber nicht sagen, an wen. Tja, Freunde, und deshalb endet damit die Geschichte dieses Stücks Stoff von Sinterklaas. Aber wer weiß, vielleicht taucht es irgendwann irgendwo wieder auf. Haltet die Augen offen, am besten in Amerika.*«

Das war nicht allzu ergiebig. Bob nahm sein Handy und rief bei Michael Watkins an.

Es klingelte dreimal, ehe abgehoben wurde. »Ja?«

»Hallo, hier ist Bob Andrews, Sir. Kann ich kurz mit Ihnen sprechen?«

»Tust du ja schon. Passt aber. Ich mache gerade einen kurzen Spaziergang, um den Kopf freizubekommen, ehe die Versteigerung losgeht.«

»Es geht um das Sinterklaas-Stoffstück. Können Sie mir sagen, wie Sie darangekommen sind?«

»Es wurde mir von den Erben eines Sammlers angeboten. Das ist oft so. Jemand stirbt, die Erben können mit dem ganzen Zeug nichts anfangen, suchen ein bisschen im Internet und finden dann meinen Laden. Ich kaufe die gesamte Sammlung und versuche – zippedizapp! – alles wieder zu verkaufen, natürlich mit Gewinn. Diese Erben haben sich vor gerade mal zwei Monaten bei mir gemeldet. Da hatten Aaron und ich gerade vereinbart, dass wir die gemeinsame Auktion machen würden. Darum habe ich ein paar der Sachen gleich dafür reserviert.«

»Wer war dieser Sammler?«, fragte Bob.

»Ich hatte vorher nie von ihm gehört. Das war keiner, der irgendwie einen großen Namen hatte. Edgar irgendwas. Vessler oder Vossler. Das Stoffstück war eins der außergewöhnlicheren Sachen in dem Nachlass«, erklärte Michael Watkins. »Ach … das habe ich euch vorhin gar nicht erzählt: In dem kleinen Glaskasten liegt auch ein Zettel, der den Stoff dem ersten Sinterklaas aus Utrecht zuordnet. Das wäre schon ziemlich sensationell, aber natürlich gibt es dafür keinen Beweis. Ebenfalls ist eine beglaubigte Altersbestimmung dabei, auf der steht, dass der Stoff zwischen 500 und 750 Jahren alt ist. Ich hab ein bisschen recherchiert und bin auf eine etwas obskure Internetseite gestoßen.«

»*Santa Super Spezial*?«, riet Bob.

Mr Watkins lachte. »Genau die! Die Geschichte dort passte perfekt, der Stoff sollte ja nach Amerika gegangen sein. Das Foto dazu war zwar ziemlich verschwommen, aber egal, die Echtheit kann man ohnehin nicht beweisen. In der Auktion behaupten wir deshalb auch nur, dass es von diesem ersten Sinterklaas stammen *soll*. Ohne Garantie. Dass der Erpresser das Teil unbedingt haben will, finde ich irgendwie ballaballa, wenn du weißt, was ich meine. So extrem teuer wird es bestimmt nicht. Ist zwar schon ordentlich alt, aber das war ja damals nur eine Art Verkleidung in Anlehnung an das Aussehen des heiligen Nikolaus, getragen von einem Pfarrer oder jemandem aus der Gemeinde.«

»Aber wenn sicher wäre, dass es echt ist«, dachte Bob laut nach, »wäre es doch bestimmt deutlich mehr wert.«

»Was nützt das, wenn keiner es weiß und keiner es wissen kann? Ernsthaft, es geht vielleicht für 500 Dollar über den Tisch. Oder 1000, wenn wir Glück haben. Das sagt mir all meine Erfahrung.«

»Trotzdem«, beharrte Bob. »Wenn man es irgendwie beweisen könnte – was dann?« Der dritte Detektiv fühlte ein inneres Kribbeln. War er den wahren Hintergründen auf der Spur?

»Ich habe mir die Frage natürlich auch gestellt«, sagte Mr Watkins. »Selbst wenn der Stoff wirklich und wahrhaftig unbestreitbar und garantiert echt wäre, mag er vielleicht 2000 Dollar wert sein. Mit Glück findet man jemanden, der 2500 bezahlen würde.«

»Mehr nicht?«, fragte Bob leicht enttäuscht.

»Mehr nicht. Ich kenne den Markt ja ziemlich gut. Und klar, das ist schon relativ viel Geld, aber lohnt sich dafür eine Erpressung? So, ich bin wieder beim Museum. Hast du sonst noch was auf dem Herzen?«

Der dritte Detektiv verneinte, bedankte sich und legte auf.

Ihn ließ der Gedanke nicht los, dass das Stück echt sein könnte, trotz der Überlegung des Händlers, ob sich für 2500 Dollar derartige Verbrechen lohnten.

Um noch mehr über das Stoffstück in Erfahrung zu bringen, gab Bob in eine Internetsuchmaschine den Begriff *Madame Camille* ein, die laut dem Artikel eine Vorbesitzerin gewesen war, auch wenn das über zwanzig Jahre zurücklag. Es gab etliche Treffer. Die meisten bezogen sich auf eine Wahrsagerin. Bob tippte das Schlagwort *Weihnachten* dazu und wurde fündig: Camille Durand. Sie war in Paris als Professorin für Geschichte tätig gewesen, mit dem Spezialgebiet *Weihnachtsbrauchtum in Europa,* und galt selbst als die größte Weihnachtssammlerin Frankreichs. Mittlerweile war sie emeritiert, also im Ruhestand. Auf der Internetseite der Universität fand sich dennoch eine E-Mail-Adresse, unter der man sie erreichen konnte.

Bob beschloss, sie zu kontaktieren. Zunächst stellte er sich kurz vor und entschuldigte sich, nicht in Französisch schreiben zu können. Er behauptete, dass er für die Schule ein Referat über Weihnachten in den Niederlanden schrieb und so auf das Stück Stoff von dem Mantel des ersten Sinterklaas gestoßen war. Er fragte, ob Madame Durand als ehemalige Besitzerin wohl weitere Informationen darüber hatte, die sie ihm schicken könnte? *Mit freundlichen Grüßen*, schrieb er darunter, *Ihr Bob Andrews, Rocky Beach, Kalifornien.*

Als Nächstes machte er sich auf die Suche nach allem, was das Internet über Ethan Coleman hergab.

14. DEZEMBER

Täter oder Opfer?

Peter fand Mr Harper wie erwartet im Auktionsraum. Mr Watkins war nicht bei ihm, er machte gerade einen Spaziergang. »Könnten Sie bitte kurz mitkommen in die Küche?«, bat Peter. »Wir suchen eine Teekanne.«

Aaron Harper sah nur kurz auf. »Die ist im oberen Schrankteil, über dem Kühlschrank.«

»Da haben wir nachgesehen, aber nichts gefunden. Bitte kommen Sie doch kurz mit.«

»Okay«, sagte ihr Auftraggeber zur Erleichterung des Zweiten Detektivs. »Ich wollte sowieso eine Kaffeepause einlegen.«

Gerade als sie auf dem Weg dorthin waren, hörten sie Mr Watkins zurückkommen. Der Zweite Detektiv bat ihn, sie zur Küche zu begleiten. Dort wartete Justus.

»Die Kanne müsste …«, setzte Mr Harper an.

»Es geht nicht um die Kanne«, erklärte Peter. »Entschuldigen Sie, dass ich Sie belogen habe. Aber wir haben einen Verdacht, und das konnten wir nicht im Auktionsraum besprechen.«

»Wieso nicht?«

»Es geht um Mrs Jensen«, sagte der Zweite Detektiv. »Wir glauben, dass sie das Spektakel mit der Mari Lwyd nicht nur aufgeführt hat, um mit großem Tamtam aufzutreten.«

Aaron Harper lachte. »Jetzt redest du schon wie Michael.«

Peter grinste. »Das färbt wohl ab.«

»Wieso?«, fragte Michael Watkins. »Wie rede ich denn?«

»Erkläre ich Ihnen gern später«, meinte Peter. »Jetzt ist etwas anderes wichtig. Wir vermuten nämlich, dass es Mrs Jensen vorrangig darum ging, den Pferdeschädel im Auktionsraum abzustellen.«

»Und warum das?«, fragte ihr Auftraggeber verwirrt.

»Wir gehen davon aus, dass sie ein kleines Abhörgerät darin versteckt hat. Eine Wanze!«

Mr Harper setzte dazu an, etwas zu sagen, aber der Mund blieb ihm halb offen stehen. Dann schluckte er schwer. »W-was? Ist sie … Glaubt ihr, dass Sie die Erpresserin ist?«

»Sagen wir es so«, meinte Justus. »Der Verdacht gegen sie erhärtet sich. Auch wenn es mit einer anderen Spur überhaupt nicht zusammenpasst.«

»Was für ein Kladderadatsch!«, sagte Mr Watkins. »Das ist ja wirklich ungeheuerlich.«

Ihr Auftraggeber strich sich fahrig mit der Hand über die Stirn. »Ich kann nicht mehr!«, rief er. »Was kommt denn als Nächstes? Wird noch jemand entführt? Oder taucht gleich ein Ufo auf?«

»Letzteres mit ziemlicher Sicherheit nicht«, sagte Justus

ernsthaft. »Aber was ein Fall im Laufe seiner Entwicklung bringt, weiß man nie im Voraus. Als guter Detektiv heißt es, die Nerven zu behalten und sich auf jede neue Entwicklung einzustellen.«

»Und was wollt ihr jetzt tun?«

»Sie, Peter und ich gehen gemeinsam zurück in den Auktionsraum«, sagte Justus. »Mr Watkins, Sie bleiben in der Küche, bitte. Im Auktionsraum machen Sie, Mr Harper, einfach mit Ihrer Arbeit weiter und ich helfe Ihnen. Dabei unterhalten wir uns. Peter schleicht sich derweil an den Pferdeschädel heran und untersucht ihn. Falls darin tatsächlich eine Wanze steckt, wird er sie finden. Aber wir lassen uns nichts anmerken. Wenn wir wissen, dass Mrs Jensen uns abhört, aber sie *nicht* weiß, dass wir das wissen … dann können wir das zu unserem Vorteil nutzen.«

»Alles klar«, sagte ihr Auftraggeber.

»Wirklich?«, fragte der Erste Detektiv, denn so sah Mr Harper nicht aus.

»Nein. Ich bin total verwirrt.«

»Vereinfacht gesagt«, erklärte Peter, »können wir Mrs Jensen dann falsche Informationen geben. Wir können behaupten, dass wir jetzt alle nach Hause gehen und in Wirklichkeit im Museum bleiben. Das war jetzt ein simples Beispiel, aber Sie verstehen vielleicht, worauf ich hinauswill.«

Justus zeigte ein aufmunterndes Lächeln. »Wir spielen ihr etwas vor. Wenn wir dann eine Wanze finden, ohne dass sie davon erfährt, wird aus dem, was sie für ihren Vorteil hält, in

Wirklichkeit ein Nachteil für sie. Dabei ist es nur wichtig, dass wir uns alle möglichst natürlich verhalten.« Er dachte daran, wie Mr Harper sein Schauspiel übertrieben hatten, als sie zum ersten Mal ins Museum gekommen waren. »Wir dürfen die geheime Zuhörerin nicht misstrauisch machen.«

Aaron Harper nickte hastig. »Ich gebe mir Mühe.«

Also gingen sie zu dritt wieder in den Auktionsraum. Tatsächlich schlug sich ihr Auftraggeber gar nicht schlecht, als er an die Arbeit ging und Justus den Auftrag gab, eine Liste vorzubereiten, in der die Namen der erfolgreichen Bieter und ihre Summen eingetragen werden konnten.

Peter schlich zum Pferdeschädel in der Zimmerecke. Vor allem bei der Untersuchung des Skelettkopfes musste er sehr vorsichtig sein. Wenn er so nahe bei der vermuteten Wanze Geräusche machte oder gar das Abhörgerät selbst berührte, würde das extrem laut übertragen werden. Dann würde Mrs Jensen misstrauisch werden – und alles Schauspielern wäre umsonst.

Der Zweite Detektiv zog sein Handy aus der Tasche und schaltete die Taschenlampenfunktion ein. Damit leuchtete er in die leeren Augenhöhlen. Er suchte das Schädelinnere ab, so gut er konnte. Und er fand …

… nichts.

Er ging ganz nah ran, um in einem noch engeren Winkel ins Schädelinnere schauen zu können. Ein widerwärtiger Geruch stieg in seine Nase. Es kam ihm vor, als würden die gelblichen Knochen nach Tod stinken. Aber vielleicht bildete er sich das nur ein. In Situationen wie dieser litt er meistens unter einer allzu lebhaften Fantasie. Trotzdem fand er keine Wanze.

Deshalb ging er etwas tiefer, schaute zwischen den großen, morschen Pferdezähnen hindurch ins Maul. Auch dort – nichts.

Hatten sie sich mit ihrem Verdacht getäuscht?

Nein! Ganz am oberen Ende des Stabes, wo der Schädel befestigt war, steckte etwas Kleines, Schwarzes! Das Ding war gerade mal ein wenig größer als ein Fingernagel. Die Wanze!

Peter zog sich so leise zurück, wie er gekommen war, ging zu den anderen und reckte ihnen den erhobenen Daumen entgegen.

Justus zeigte ein zufriedenes Lächeln.

Diese aufregenden Erkenntnisse mussten sie unbedingt Bob mitteilen. Zum Telefonieren gingen die beiden Detektive vor die Tür. Peter wollte ein bisschen frische Luft schnappen, um den komischen Geruch aus seiner Nase zu bekommen.

Der dritte Detektiv war überrascht und irritiert zugleich. »Aber wie passt das zusammen? Wenn Mrs Jensen das eigentliche Opfer des Giftanschlags hätte werden sollen, wie kann sie denn dann die Täterin sein? Oder hat sie die Wanze aus einem völlig anderen Grund in das Museum eingeschmuggelt? Erhofft sie sich vielleicht irgendwelche internen Informationen zur Auktion? Obwohl mir nicht einfällt, was ihr dafür nützlich sein könnte.«

»Das ist in der Tat noch unklar«, gab Justus zu. »Wobei wir ja ohnehin nicht mit Sicherheit davon ausgehen können, dass der Giftanschlag ihr galt. Es ist eine Vermutung – mit einiger Wahrscheinlichkeit, aber eben nicht bewiesen.«

»Fassen wir mal zusammen«, schlug Peter vor. »Mrs Jensen ist hochverdächtig, weil sie eine Wanze in den Auktionsraum geschmuggelt hat. Es könnte aber auch sein, dass wir sie trotzdem beschützen müssen, weil derjenige, der ihr Gift ins Bier mischen wollte, nicht aufgeben wird.«

»Kurz gesagt«, meinte Bob, »uns fehlt noch ein Puzzleteil. Und zwar ein ganz entscheidendes! Also, ich versuche, noch mehr über sie herauszufinden. Und über Coleman.« Er legte auf.

Justus sah auf die Uhr. Noch eine halbe Stunde bis zum Beginn der heutigen Auktion.

15. DEZEMBER

Dreck am Stecken

Bob brummte der Kopf. Er hatte sich auf der Suche nach Informationen bereits durch eine Menge Internetseiten gewühlt, aber wenig gefunden. Gerade konzentrierte er seine Suche auf Mr Coleman. Am bekanntesten war dieser, weil er ein Buch über Weihnachten geschrieben hatte, das allerdings alles andere als ein großer Erfolg geworden war. Es hieß »*Was du bestimmt noch nicht über Weihnachten wusstest*« und trug den etwas albernen Untertitel »*Fünfundfünfzig faszinierend-fantastische Fakten*«. Die offizielle, im Netz abrufbare Autorenbiografie gab jedoch nichts her, was für ihre Ermittlungen interessant sein könnte.

Auf der Suche nach einer Inhaltsangabe stieß der dritte Detektiv auf ein Forum, das sich um das Thema Weihnachten drehte. Darin tauschten sich Weihnachtsfans über alles Mögliche miteinander aus und es gab auch ein Gespräch über Ethan Colemans Buch. Der erste Beitrag listete die 55 Fakten des Buches auf, die Bob kurz überflog. So erfuhr er zum Beispiel, dass in Italien nicht nur der Weihnachtsmann und das Christkind Geschenke verteilten, sondern auch noch die Hexe Befana. Oder dass es in Spanien die Weihnachtslotterie *El Gordo* gab, bei der die Summe der Preise höher war als bei allen anderen Gewinnspielen der Welt.

Im zweiten Beitrag kommentierte die Nutzerin *Elfi-Helfi*: »*Also, ich hab das alles schon gewusst. Blödes Buch.*«

Es folgten einige Bestätigungen, ehe jemand zugab, dass ihm das meiste davon neu gewesen war und er das Buch mit Vergnügen gelesen hatte.

Weil ihm dieses Gespräch offenbar nicht weiterhalf, wollte Bob schon weiterklicken, als ihm etwas ins Auge fiel. *Elfi-Helfi* meldete sich erneut zu Wort. Diesmal mit der Aussage: »*Echt? Du findest Coleman gut? Er ist ein Ar***, und das weiß doch jeder.*«

Das klang vielversprechend …

Die einzige Reaktion auf diesen Angriff kam von *FantaClaus*, der wohl ein besonderer Witzbold zu sein schien und als Profilbild eine geöffnete Limoflasche nutzte: »*Das ›weiß‹ eben nicht jeder. Ich hab ihn einmal getroffen. Ist ein netter Kerl. Und unschuldig! Er wurde von allen Anklagen freigesprochen.*«

Woraufhin *Elfi-Helfi* schrieb: »*Klar. Und den Weihnachtsmann gibt's wirklich. Coleman hat Dreck am Stecken, das ist so klar wie die Sonne überm Nordpol.*« Damit endete der Gesprächsverlauf.

Von allen Anklagen freigesprochen? Dreck am Stecken? Worum ging es hier? Nach den Datumsangaben in den Beiträgen war diese Diskussion bereits neunzehn Jahre alt. Bob klickte auf den Namen *Elfi-Helfi*, in der Hoffnung, dass es eine Möglichkeit gab, sie zu kontaktieren. Zu seiner Enttäuschung hieß es nur, dass diese Person seit zwei Jahren vom Forum abgemeldet war. Also versuchte es der dritte Detektiv bei *FantaClaus*, doch der hatte die Kontaktfunktion gesperrt. »Wäre wohl auch zu einfach gewesen«, murmelte Bob.

In dem Moment ging eine E-Mail bei ihm ein. Die französische Wissenschaftlerin Madame Camille Durand hatte ihm tatsächlich geantwortet!

»Lieber Bob Andrews, leider weiß ich auch nicht mehr als das, was auf der Santa Super Spezial-*Homepage steht. Anbei aber noch ein altes Foto. Viel Erfolg – Madame C.«*

Bob öffnete den Anhang. Im Unterschied zu dem Bild auf der Internetseite war dieses gestochen scharf und zeigte den Stoff klar im hellen Licht. Bob speicherte das Foto auf seinem Handy ab und tippte rasch eine Antwort, in der er sich bei Madame Durand für die schnelle Reaktion bedankte.

Plötzlich hatte der dritte Detektiv eine Idee. Er tippte noch einmal Ethan Colemans Namen in die Suchmaschine und dazu den von Abigail Jensen. Immerhin kannten sich die beiden von früher, waren beide Weihnachtssammler und mindestens einmal Konkurrenten gewesen.

Es gab einige Treffer.

Der erste bewarb eine Sonderausstellung in der Galleria Borghese, einem berühmten Kunstmuseum in Rom. Damals waren dort Weihnachtsartefakte ausgestellt worden. Der Text listete unter anderem die Namen einiger Personen auf, die Ausstellungsstücke zur Verfügung gestellt hatten. Der Museumsdirektor bedankte sich bei ihnen, darunter auch bei dem Autor Ethan Coleman und bei Abigail Jensen, die als *»reiche Weihnachtssammlerin der besonderen Art«* bezeichnet wurde.

Bob ging zurück zu seiner Suche und sah die nächsten Ergebnisse durch. Die fünfte Überschrift zog ihn sofort in den Bann. *»Autor freigesprochen – Lebenspartnerin weiter unter Anklage!«* Er klickte den Artikel an und blickte auf ein Bild, mit dem er nicht gerechnet hatte. Es zeigte Ethan Coleman und Abigail Jensen, beide sichtlich jünger als heute, Hand in Hand auf einem roten Sofa.

16. DEZEMBER

Auktionsbeginn

Der Raum füllte sich. Alle Gäste von gestern Abend, bis auf das Ehepaar Krawczyk natürlich, nahmen auf den Stühlen Platz. Auch Justus und Peter setzten sich.

Aaron Harper stand vorne am Tisch. »Noch mal herzlich willkommen«, sagte er. »Endlich kann die eigentliche Auktion beginnen. Danke für eure Geduld. Ich hoffe, ihr hattet … nun ja, trotz des bedauerlichen Zwischenfalls mit Jakub Krawczyk bislang eine schöne Zeit.«

»Ihm geht es so weit gut«, rief eine Männerstimme aus der zweiten Reihe. Es war Lem Richardson aus New York, der weiter erzählte, dass er Jakub von früher kannte, weil er ihm einmal ein Stück seiner Sammlung abgekauft hatte. »Wir haben uns gestern deswegen beim Essen lange unterhalten und noch vor seinem Zusammenbruch die Handynummern ausgetauscht. Ich habe ihn heute Vormittag angerufen. Er lässt grüßen und bedauert sehr, nicht dabei sein zu können.«

»Ist schon klar, dass ihr die Nummern vor dem Zusammenbruch getauscht habt«, meinte Ethan Coleman. »Hinterher wäre es wohl schlecht möglich gewesen.«

Diese Bemerkung erntete einen leisen Lacher und einen empörten Ausruf: »Unverschämtheit.«

Peter, der nur scheinbar zufällig direkt neben Abigail Jensen saß, hörte außerdem, wie sie »Typisch Ethan« murmelte. Der Zweite Detektiv wollte sie während der Versteigerung genau im Auge behalten. Würde sie sich irgendwie verdächtig machen? Oder würde es einen weiteren Angriff auf sie geben, vor dem er sie schützen konnte?

»Ich freue mich zu hören, dass er einigermaßen wohlauf ist«, sagte Aaron Harper. »Also starten wir. Das erste Objekt ist zugegebenermaßen nicht sonderlich spektakulär.«

»Ein bisschen mehr musst du die Sachen schon anpreisen«, sagte Lem Richardson, der im Unterschied zum Vortag heute offenbar in Redelaune war.

»Ich will nicht lügen«, stellte Mr Harper fest. »Sonst glaubt ihr mir am Ende nicht mehr, wenn die wirklich spektakulären Objekte unter den Hammer kommen. Also, los geht's mit einer alten Ausgabe eines Romans, den ihr alle wahrscheinlich schon einmal als Film gesehen habt: *Der kleine Lord*!«

Tatsächlich hielt sich die Begeisterung in Grenzen. Peter dachte, dass sich das Buch gut in ihrem Fall-Archiv in der Zentrale machen würde. Immerhin hatte es den entscheidenden Hinweis geliefert, der sie auf Mrs Jensens Wanze aufmerksam gemacht hatte. Er bot fünf Dollar und erhielt sofort den Zuschlag.

Justus, der neben ihrem Auftraggeber am Auktionstisch saß, trug Peters Namen und sein Gebot in die Liste ein.

In den nächsten beiden Stunden gingen etliche weitere Objekte über den Tisch, bei wenig aufregenden Höchstgeboten bis fünfzig Dollar. Zwischendurch steckte Peter immer mal wieder die Hand in die Hosentasche und ertastete das Brillenetui, in dem sich das Glaskästchen mit dem Stück Stoff des Sinterklaas befand. Wenn das Mrs Jensen wüsste, dachte er, oder wer immer der Erpresser war …

Schließlich stellte Aaron Harper das erste der vorab in der Werbung angekündigten Objekte vor: eine Flasche Wein. »Aber was für eine«, sagte der Museumsleiter. »Das Besondere daran muss ich diesem Publikum ja nicht erklären.«

»Aber du tust es trotzdem«, rief Abigail Jensen spöttisch.

»Aber ich tue es trotzdem«, sagte Harper ungerührt. »Sie stammt direkt vom weltberühmten Weihnachtsmarkt bei Johannesburg in Südafrika, was auf dem Etikett vermerkt ist. Und das ist nicht irgendeine Flasche, sondern eine, die über fünfzig Jahre alt ist. In diesem Sinne … starten wir mit fünfzig Dollar, für jedes Jahr einen.«

Diesmal rauschten die Gebote nach oben. Sechs oder sieben Teilnehmer waren an der Flasche interessiert. Sie stiegen jedoch bald alle wieder aus – bis auf Mrs Jensen und Ethan Coleman, die sich ein wahres Bieterduell lieferten. Dabei warfen sie sich eisige Blicke zu und Peter kam es so vor, als wollten sie gar nicht unbedingt den Wein ersteigern, sondern vor allem dem anderen eins auswischen.

Schließlich stand das Höchstgebot bei 350 Dollar, abgegeben von Ethan Coleman.

Aaron Harper sah sichtlich zufrieden aus. »350 Dollar stehen im Raum«, sagte er. »Bietet jemand mehr?« Als auf seine Frage hin Stille herrschte, begann er mit der klassischen Aufzählung: »350 Dollar zum Ersten … 350 Dollar zum Zweiten …« Nun zögerte er etwas länger. »Und 350 Dollar zum …«

»375!«, stieg überraschenderweise Tschadraabalyn Jawuuchulan noch einmal in die Versteigerung ein. Er warf Mr Coleman einen entschuldigenden Blick zu. »Es wäre einfach das perfekte Mitbringsel, meine Frau würde es lieben.«

»Das verstehe ich«, sagte dieser. »Richten Sie ihr Grüße von mir aus. Aber trotzdem … 400 Dollar.«

Leises Raunen ging durch die Stuhlreihen.

»Ein Vorschlag«, sagte Tschadra. »Ehe wir den Preis noch höher treiben, gebe ich auf. Im Gegenzug beantworten Sie mir nachher in der Pause ein paar Fragen für meine Forschungen.«

Coleman nickte. »Das hätte ich sowieso gemacht.« Kurz darauf erhielt er den Zuschlag.

Anschließend rief Aaron Harper eine Pause aus. Jeder hatte nun die Gelegenheit, zum Essen zu gehen und sich im Hotel ein wenig auszuruhen. Es würde um sieben Uhr am Abend weitergehen. Die Menge der Teilnehmer zerstreute sich. Die meisten verließen das Museum, manche blieben noch, um die ersteigerten Stücke abzuholen und sie zu bezahlen.

Mr Coleman ging kurz zu Aaron Harper und teilte ihm mit, dass er den ersteigerten Wein morgen bezahlen würde.

»Ich habe vor, noch das eine oder andere weitere Stück zu erwerben.« Danach ging er nach draußen.

Peter sah, dass er Abigail Jensen folgte. Der Zweite Detektiv hängte sich dran. Ihn interessierte, ob es zu einer Begegnung kommen würde und was die beiden sich zu sagen hatten. Aber er hielt sich so weit zurück, dass sie sich nicht verfolgt fühlten.

Coleman holte Mrs Jensen beim Tor des Museumsgrundstücks ein. Er legte ihr die Hand auf die Schulter.

Sie drehte sich um. »Du«, herrschte sie ihn an.

Peter war nahe genug, um sie verstehen zu können. Leider gab es keine Deckung, er konnte sich nirgendwo verstecken. Aber die beiden waren so aufeinander fixiert, dass sie ihren Beobachter nicht bemerkten. Langsam, um nicht aufzufallen, bückte sich Peter und tat so, als müsse er sich die Schuhe zubinden.

»Das ist ja wie in alten Zeiten, Ethan«, zischte Mrs Jensen. »Du bist einfach nur hier, um mich zu nerven.«

»Sagt diejenige, die ein Engel in Person ist«, gab Coleman zurück. »Ich weiß genau, was du hier willst.«

»Ach? Und hast du etwas dagegen?«

»Tu nicht so scheinheilig!«, zischte Ethan Coleman. »Es ist …«

»Sei still!« Mrs Jensen blickte nun in Peters Richtung.

Dem Zweiten Detektiv war klar, dass sie ihn bemerkt hatte. Er stand auf, lief auf die beiden zu, nickte beiläufig und kettete sein Fahrrad vom Zaun ab, als wäre er deswegen aus dem Haus gekommen. Er fühlte Mrs Jensens Blicke wie glühende

Pfeile im Rücken. Möglichst gelassen stieg Peter auf und radelte los, irgendwohin, einfach nur weg, damit es so aussah, als habe er genau das vorgehabt.

Das kurze Gespräch, das er belauscht hatte, klang so, als hätten sich die beiden früher besser gekannt, als würde sie mehr verbinden als nur das eine Mal, als Mrs Jensen Mr Coleman ein besonderes Stück vor der Nase weggeschnappt hatte. *Ich weiß genau, was du hier willst*, hatte er gesagt. Nämlich das Stoffstück? Und wenn er davon wusste, war er ebenfalls dahinter her?

17. DEZEMBER

Ein begehrtes Sammlerstück

Als Peter nach einer kleinen Runde durch das Viertel zum Museum zurückkam, waren die beiden verschwunden. Dafür wartete vorm Haus nicht nur Justus auf ihn, sondern auch Bob. Seine Freunde waren in ein Gespräch vertieft. Peter gesellte sich dazu, und der dritte Detektiv berichtete von seinen Rechercheergebnissen.

Bob zeigte das alte Foto von Mrs Jensen und Mr Coleman. »Die beiden waren vor zwanzig Jahren ein Paar. Sie lebten zusammen. Und sie standen eine Zeit lang unter Verdacht, nicht nur besondere Weihnachtssammler zu sein, sondern mit gestohlenen Objekten zu handeln.«

»Sie waren Hehler?«, fragte Peter verblüfft.

»Es bestand der Verdacht«, präzisierte Justus. »So zumindest hat es unser Kollege eben gesagt. Richtig?«

Bob bestätigte. »Man konnte ihnen nie etwas nachweisen. Es gab damals eine Anklage, aber zuerst wurde Ethan Coleman freigesprochen und später auch Mrs Jensen. In beiden Fällen aus Mangel an Beweisen. Genaueres konnte ich nicht herausfinden.«

»Heute jedenfalls sind sie nicht mehr gut aufeinander zu sprechen.« Nun berichtete Peter von seiner neuesten Beobachtung, die das Ganze noch zuspitzte.

Die drei ??? gingen ins Haus und fanden sowohl ihren Auftraggeber als auch Michael Watkins in der Büro-Küche vor. Zwischen ihnen stand eine halb leere Packung Cracker.

Bob erzählte, was er in Erfahrung gebracht hatte. »Wussten Sie von dieser Anklage?«, fragte er abschließend.

»Das ist mir völlig neu«, sagte Mr Harper. »Wie lange ist das jetzt her, sagst du?«

»Etwa zwanzig Jahre.«

»Kein Wunder, dass ich noch nicht davon gehört habe«, sagte der Museumsdirektor. »Da war ich noch nicht im Geschäft.«

»Das gilt auch für mich«, schloss sich Michael Watkins an. »Jedenfalls redet man in der Szene nicht mehr darüber.«

»Dass die beiden sich eine möglicherweise kriminelle Vergangenheit teilen«, sagte Justus, »rückt sie trotzdem in ein anderes Licht. Und zeigt, dass wir wohl damit richtigliegen, wenn wir die beiden als Täter in Betracht ziehen. Aber wer von beiden steckt hinter der Erpressung? Zusammen arbeiten sie offensichtlich nicht. Was feststeht, ist, dass die Wanze von Abigail Jensen stammt. Und darum werden wir ihr eine Falle stellen. Heute Abend, wenn die Auktion vorbei ist. Dazu wäre es am besten, wenn wir drei allein im Museum bleiben könnten. Sind Sie damit einverstanden, Mr Harper?«

»Ihr habt freie Hand.«

»Prima. Dann verlassen Sie beide nach der Auktion das Museum und wir bereiten die Falle vor. Hoffen wir, dass Mrs Jensen anbeißt und sich darin verfängt.« Justus hatte schon eine grobe Idee, wie sie vorgehen würden. Auf jeden Fall mussten sie Mrs Jensen ins Museum locken und sie dann dazu bringen, sich zu verraten. Am besten, indem sie sie unter Druck setzten.

»Vorher«, sagte Bob, »sollten wir uns allerdings wie besprochen um das Stück Stoff kümmern.«

»Die Vorstellung, dass ihr es als Köder für die Falle benutzen wollt, gefällt mir nicht«, sagte Mr Watkins. »Denn das wollt ihr doch?«

»In gewissem Sinne, ja«, gab Justus zu. »Aber dank der speziellen Situation brauchen wir es nicht tatsächlich einzusetzen. Es genügt, wenn wir es erwähnen und heute Abend so tun, als hätten wir es bei uns. Oder wir legen ein falsches Stück Stoff in den Glaskasten, gerade so gut gefälscht, dass es einem ersten Blick standhält. Den echten Stoff bringen wir in ein sicheres Versteck.«

»Wo ist er denn jetzt gerade?«, fragte Mr Harper.

»Ich habe ihn hier.« Peter nahm das Brillenetui aus der Hosentasche und holte das Glaskästchen heraus.

Bob stellte sich dazu das Bild im Internet vor, auf der *Santa-Super-Spezial*-Seite. Es war die einzige allgemein bekannte Abbildung des Stoffstücks. Das, was der dritte Detektiv nun in dem Glaskasten vor sich sah, konnte durchaus das sein, was das unscharfe Bild zeigte. Und natürlich entsprach es dem aktuellen Foto, mit dem das Stück für die Auktion beworben worden war. Trotzdem kam ihm nun plötzlich etwas falsch an dem Original vor. Dann begriff er. Er kannte nicht nur diese beiden Bilder, sondern noch ein drittes! Als er es in der E-Mail betrachtet hatte, war ihm nichts aufgefallen, denn Fotos unterschieden sich manchmal sehr, auch wenn man dieselbe Sache ablichtete. Es kam auf den Blickwinkel an, den Lichteinfall und tausend andere Dinge. Aber nun mit dem Original vor Augen …

Der dritte Detektiv nahm sein Handy aus der Hosentasche und rief das Bild auf, das ihm Camille Durand aus Frankreich geschickt hatte. Kein Zweifel: Verglich man dieses Stück Stoff vor ihm im Glaskasten mit der gestochen scharfen Aufnahme der Vorvorbesitzerin, konnte man nur zu einem Ergebnis kommen. Es mochte ähnlich aussehen und die Farbe stimmte zumindest fast, aber die feine Musterung im Stoff passte ganz und gar nicht. Was hatte Justus eben gesagt? Eine Fälschung, gerade gut genug, dem ersten Blick standzuhalten.

»Kollegen«, sagte Bob, »das ist nicht der Sinterklaas-Stoff.«

»Wie gesagt, es gibt keine Echtheitsgarantie«, sagte Michael Watkins.

»Nein, das meine ich nicht. Ich meine, dass dieses Stück Stoff in dem Glaskasten hier überhaupt gar nicht das Stück Stoff ist, das angeblich vom Mantel des ersten Sinterklaas stammt. Es ist höchstens eine halbwegs gut gemachte Fälschung, die vorgibt, dieses alte Sammlerstück zu sein.« Bob zeigte sein Handy mit Madame Durands Foto herum und erklärte, woher er es hatte.

»Diese Kerle haben mir eine Fälschung angedreht!«, rief Mr Watkins. »Das darf ja wohl nicht wahr sein!«

»Sie haben gesagt«, erinnerte Bob, »dass die Leute, die es Ihnen verkauft haben, Erben eines Sammlers waren, die keine Ahnung von der Materie hatten. Ich glaube nicht, dass Sie betrogen werden sollten.«

Watkins verzog das Gesicht. »Da hast du wohl recht. Aber trotzdem – ich komme mir vor wie ein Hallodri, der dumm genug ist, sich einfach so übers Ohr hauen zu lassen!«

Der Zweite Detektiv deutete auf das Stoffstück. »Wenn das da nicht der Sinterklaas-Stoff ist, sondern eine billige Fälschung, stellt sich ja vor allem die Frage: Weiß unser Gegner das? Oder geht er – oder sie – davon aus, dass es der Sinterklaas-Stoff ist?«

»Ich glaube, es gibt noch eine dritte Variante«, sagte Justus. »Laut Mr Watkins wäre der echte Sinterklaas-Stoff 2000 Dollar wert, vielleicht 2500. Wir haben uns schon die Frage gestellt, warum dafür so ein Aufwand betrieben wird. Und ob man deswegen eine Erpressung starten und jemanden vergiften würde. Also wenn ihr mich fragt: Ich gehe davon aus, dass unser Gegner weiß, dass es nicht der Sinterklaas-Stoff ist. Aber es ist auch keine billige Fälschung. Sondern vielmehr etwas, das um einiges wertvoller ist.«

»Und was?«, fragte Aaron Harper perplex. »Was in aller Welt wollen wir hier versteigern?«

»Das müssen wir allerschnellstens herausfinden«, sagte Bob.

»Mr Watkins – von wem genau haben Sie die Sammlerstücke bekommen?«

»Ich kann dir einen Namen geben und eine Telefonnummer«, meinte Watkins. »Natürlich muss ich nachschauen, aber das ist kein Problem. Ich kann meine Geschäftsunterlagen übers Internet abrufen. Aber wie du mich selbst vorhin erinnert hast – diese Leute haben höchstwahrscheinlich keine Ahnung davon, was sie da geerbt haben.«

»Trotzdem muss ich versuchen, bei ihnen nachzufragen«, sagte der dritte Detektiv. »Vielleicht kann ich feststellen, woher der Vorbesitzer den Stoff hatte. Es ist ja jedenfalls nicht das Stück, das von Madame Durand aus Frankreich stammt.«

»Aber zuallererst«, sagte Justus, »bringen wir es jetzt wie besprochen in Sicherheit. Und dann müssen wir die Falle vorbereiten und durchziehen! Dafür brauchen wir dich, Bob. Wenn danach noch nicht alles klar ist, kannst du dieser Spur nachgehen. Jetzt bleibt einfach keine Zeit, denn jetzt …«, er lächelte bei dem Gedanken, »… müssen wir zuerst eine Fälschung fälschen!«

18. DEZEMBER

Wer täuscht wen?

Wenig später machten sich die drei ??? mit den Fahrrädern auf den Weg. Peter trug das Brillenetui mit dem Stoffstück wieder in der Hosentasche. Unterwegs achteten sie genau auf mögliche Verfolger.

Die Jungen kannten in Rocky Beach nahezu jeden Winkel. Sie fuhren kreuz und quer durch ein Wohngebiet mit engen Straßen und nutzten eine Sackgasse, die an ihrem Ende nur für Fußgänger und Radfahrer, nicht aber für Autos offen war.

Danach trennten sie sich, um es möglichen Verfolgern noch schwerer zu machen. Peter brachte das Stoffstück ins Haus seiner Eltern. Er versteckte das Brillenetui im Schrank in seinem Zimmer zwischen seinen Socken. Justus machte sich auf den Weg zurück zum Museum und Bob steuerte den jonasschen Schrottplatz an.

Als der dritte Detektiv dort auf den Hof fuhr, entdeckte ihn Tante Mathilda und rief ihm zu, dass die Eisenstangen, die Onkel Titus gekauft hatte, immer noch dort lagen, wo er sie vom Pick-up gekippt hatte. »Ich hatte euch gebeten, die wegzuräumen, Bob«, sagte sie. »Wann macht ihr das?« Der dritte Detektiv gab schnell zurück, dass es heute zu spät und dass morgen Sonntag war, sie die Aufgabe aber nächste Woche in Angriff nehmen würden. Damit gab sich Mathilda Jonas zum Glück zufrieden. Bob verschwand in der Zentrale und packte weitere Utensilien ihrer Detektivausrüstung zusammen.

Als schließlich alle drei Jungen wieder in der Büro-Küche im Museum zusammensaßen, hatte der Erste Detektiv bereits einen Plan für die Falle auf einem Blatt Papier skizziert. Gemeinsam arbeiteten sie Justus' Idee aus und besprachen die Rollenverteilung. Wer würde welche Aufgabe in dem Schauspiel übernehmen, das sie aufführen wollten?

Von ihrem Auftraggeber erbaten sie eines seiner Ausstellungsstücke, oder besser gesagt einen Teil davon. Aus dem roten Mäntelchen einer zerbrochenen Figur der drei heiligen Könige schnitten sie ein Stück Stoff zurecht. Das Ergebnis war eine nicht besonders gute Kopie des Stoffstücks, aber immerhin etwas, das sie Mrs Jensen präsentieren konnten, sollte sie ihnen in die Falle gehen. Ein passender kleiner Glaskasten fand sich ebenfalls im Museum.

Mehr Vorbereitungen konnten sie momentan noch nicht treffen und nun trudelten auch nach und nach die Teilnehmer der Auktion wieder ein. Der Raum füllte sich, einige nahmen direkt Platz, manche kamen in Grüppchen zusammen und redeten.

Die drei ??? behielten alles genauestens im Auge, und so fiel es ihnen sofort auf, als ein Fremder den Raum betrat und sich mit hastigen Blicken umschaute. Es war ein hagerer Mann mit schulterlangen braunen Haaren. Er entdeckte und erkannte offenbar Aaron Harper, der am Auktionstisch stand und mit Michael Watkins sprach. Der Fremde marschierte zielstrebig auf die beiden zu.

Die drei ??? waren wie elektrisiert. Was hatte das zu bedeuten? Wer war dieser Mann? Konnte es sich um die im Erpresserbrief angekündigte Person handeln, der Mr Harper das Stück Stoff übergeben sollte? Aber falls das stimmte – wieso kam er schon heute?

»Ich hör mir das an«, sagte Justus. Er ging zum Auktionstisch und nickte den drei Männern beiläufig zu, als interessiere er sich nicht sonderlich für sie. Dann schnappte er sich seine Liste und vertiefte sich scheinbar darin, während er dem Gespräch lauschte.

»Ich bitte um Entschuldigung, dass ich einfach so hier auftauche«, sagte der Fremde zu Mr Harper. »Ich habe erst heute Mittag zufällig im Internet von der Auktion erfahren. Bin über Ihre Werbung gestolpert, sozusagen. Die Anmeldefrist war natürlich schon längst abgelaufen. Da dachte ich, ich komme einfach spontan her. Ich bin aus Los Angeles, habe es nur etwa eine Dreiviertelstunde hierher.« Er winkte ab. »Kurz und knapp und auf den Punkt gebracht: Kann ich an der Auktion noch teilnehmen?«

»Eigentlich, Mr … äh …«

»Wilson. Oliver Wilson.« Der Hagere streckte die Hand aus.

Aaron Harper schüttelte sie. »Eigentlich ist das gegen die Regeln.«

»Ach, kommen Sie. Wer hat denn die Regeln gemacht? Sie! Also können Sie sie auch abändern. Ich bin noch gar nicht so lange im Weihnachtsthema drin, meine Sammlung ist in Ihren Augen wahrscheinlich lächerlich klein. Ich dachte, das hier ist doch perfekt, um einfach ein bisschen mehr kennenzulernen. Mit den Leuten zu reden, die sich wirklich auskennen.«

Der Erste Detektiv fragte sich, ob dieser Oliver Wilson ein ziemlich gutes Schauspiel hinlegte oder tatsächlich einfach der umgängliche Typ war, der er zu sein vorgab. Falls er mit ihrem Fall zusammenhing, war es sicher gut, ihn nicht wegzuschicken, sondern ihn im Auge zu behalten. Wenn er mit dem Erpresser zusammenarbeitete, würde er morgen sowieso wieder auftauchen, und dann konnte es nicht schaden, ihn vorher schon kennenzulernen, um ihn besser einschätzen zu können.

Ein Gedanke schoss Justus durch den Kopf: Vielleicht war dieser Mann sogar selbst der Erpresser! Wer sagte denn, dass Mrs Jensen oder Ethan Coleman nicht nur Handlanger waren, die jemandem zuarbeiteten? Vielleicht klärten sich auf diese Weise die Unstimmigkeiten im Gesamtbild. Oder, wie Bob es zuvor formuliert hatte, womöglich war genau dieser Oliver Wilson das bislang fehlende Puzzlestück. Wobei es natürlich ebenso gut sein konnte, dass er für ihren Fall überhaupt keine Bedeutung hatte.

Der Erste Detektiv beschloss, sich in das Gespräch einzumischen. »Ich kann Sie verstehen«, sagte er zu dem Neuankömmling. »Es ist ja Ihre Entscheidung, Mr Harper, aber ich finde, ein Teilnehmer mehr kann der Auktion doch nur guttun. Gerade weil die beiden Krawczyks ausgefallen sind.« Ihrem Auftraggeber sollte klar sein, dass Justus diesen Vorschlag aus detektivischen Gründen machte.

Wahrscheinlich trug das dann auch zu Mr Harpers Entscheidung bei. »Wir beginnen gleich wieder mit der Auktion«, sagte er. »Ich werde vorab die anderen Teilnehmer fragen, was sie davon halten, wenn Sie bleiben, Mr Wilson. Falls niemand Einwände hat, geht es von meiner Seite aus in Ordnung.«

Oliver Wilson zeigte ein strahlendes Lächeln.

Er freute sich nicht umsonst. Niemand verwehrte es ihm, dabeizubleiben, und Ethan Coleman meinte: »Gestern haben wir Abigail Jensen nach ihrem zweifelhaften Mari-Lwyd-Auftritt zugelassen«, die Herablassung war seinen Worten deutlich anzuhören, »dann kann heute auch ein sympathischer Kerl wie dieser mitmachen!«

Die nächsten zwei Stunden verliefen für die drei ??? eher langweilig. Der eine kaufte dies, der andere jenes. Niemand machte sich verdächtig. Die Jungen fieberten dem Abend entgegen, wenn sie endlich ihre Falle stellen konnten.

Als das letzte Stück für diesen Tag seinen Besitzer wechselte – die von Hand mit Weihnachtsmotiven bemalte Tasse aus feinstem chinesischen Porzellan ging an Tschadraabalyn Jawuuchulan –, erledigte ihr Auftraggeber mustergültig das Einzige, was er zur Falle beitragen musste. Die drei ??? hatten es in der Auktionspause mit ihm eingeübt. Er wünschte allen eine gute Nacht und kündigte an, dass er noch etwas vorbereiten musste, damit morgen der zweite und noch spannendere Teil der Auktion laufen konnte. Er erntete Applaus, dann verabschiedeten sich nach und nach alle Gäste. Oliver Wilson betonte, wie viel Freude ihm der Abend bereitet hatte und dass er am nächsten Tag auf jeden Fall wiederkommen wollte.

Wie vereinbart, folgte Peter Abigail Jensen unauffällig, als diese das Museum verließ. Sie war zu Fuß gekommen. Es war wichtig zu wissen, wohin sie ging – ins Hotel und in ihr Zimmer? Das hofften die drei Detektive, denn dort verfügte sie wahrscheinlich über die Möglichkeiten, die Wanze abzuhören. Aber würde sie das auch tun? Darauf basierte der Plan der Jungen. Das schönste Schauspiel nutzte nichts, wenn am anderen Ende der Wanze niemand zuhörte. Deshalb hatten sie Aaron Harper um die Ankündigung gebeten, dass er noch etwas für die morgige Auktion erledigen musste. So wirkte es für Mrs Jensen, als lohne es sich, den Raum abzuhören. Was sie allerdings erfahren würde, sollte etwas völlig anderes werden, als sie erwartete!

Wenig später konnte der Zweite Detektiv seinen Kollegen über Handy mitteilen, dass sich Mrs Jensen tatsächlich in ihr Zimmer zurückgezogen hatte. Im Gegenzug erfuhr Peter von Justus, dass sie inzwischen nur noch zu zweit im Museum waren. Ihr Auftraggeber hatte ihnen den Hausschlüssel übergeben. »Wir haben freie Hand«, endete der Erste Detektiv. »Das heißt, dass es endlich losgehen kann!«

19. DEZEMBER

Nicht wie geplant

Das Schauspiel fand natürlich im Auktionsraum statt. Justus schob hörbar ein paar Stühle hin und her, dann setzte er sich an den Tisch und raschelte mit den Blättern seiner Liste – vielleicht würde Mrs Jensen das gar nicht beachten, aber es half ihm, besser in seine Rolle hineinzukommen. Er musste unbedingt glaubhaft wirken.

Kurz darauf kam Bob herein. »Bist du allein hier, Justus? Wo ist Mr Harper?«, fragte der dritte Detektiv.

»Er ist nach Hause gegangen. Die ganze Sache ist ihm zu viel. Er hat gesagt, wir sollen das alles erledigen. Er sah völlig fertig aus.«

»Okay. Ich habe Inspektor Cotta endlich erreicht.«

Justus lehnte sich im Stuhl zurück. »Was hat er gesagt?«

»Er war nicht gerade begeistert, dass wir uns jetzt erst an ihn wenden.« Bob lachte. »Du kennst ihn ja. Jedenfalls muss er sich noch um irgendwas Wichtiges im Revier kümmern. Er meinte zuerst, dass es etwa zwei Stunden dauert, bis er herkommen wird. Als ich ihm erzählt habe, dass du allein hierbleibst, hat er gesagt, er schafft es auch in einer Stunde. Hat geschimpft, dass das zu gefährlich ist. Aber ich habe ihm erklärt, dass heute sowieso nichts mehr passiert. Dass der Erpresser sich morgen melden wird. Dann werden Cotta und seine Leute das Haus umstellen.«

»Hat er seinen üblichen Spruch gebracht?«, fragte der Erste Detektiv. »Dass das eine Nummer zu groß für uns ist und wir gefälligst …«

»… die Polizei ihre Arbeit machen lassen sollen, ja«, beendete Bob den Satz. »Und dass du gut auf das Stoffstück aufpassen sollst, bis er kommt. Er besteht darauf, dass du es ihm übergibst.«

»Wo hast du es versteckt?«

»Komm mit, ich zeig's dir. Und dann muss ich echt los!«

Justus schob den Stuhl ruckartig zurück. Die Beine quietschten auf dem Boden. Die beiden Detektive verließen den Raum und schlossen die Tür.

Draußen, außer Reichweite der Wanze, atmeten sie tief durch. Sie gingen in die Büro-Küche und ließen sich dort auf zwei Stühle fallen.

»Das war's«, sagte Bob. »Jetzt können wir nur hoffen, dass sie anbeißt.«

Sie hatten Abigail Jensen gewissermaßen ein Ultimatum gestellt. Eine Stunde, bis das Objekt, um das sich alles drehte, der Polizei übergeben werden und damit endgültig außerhalb ihrer Reichweite sein würde. Wenn sie zugehört hatte und daraufhin wie erhofft einen letzten Versuch unternehmen würde, es in die Hände zu bekommen, musste sie rasch reagieren.

Justus' Handy summte. Eine Nachricht von Peter: *Sie verlässt ihr Hotelzimmer. Ich bleib dran.*

Es klappte! Mrs Jensen hatte ihre Geschichte geglaubt und ging nun davon aus, dass Justus allein im Museum sein würde. Und genau so würde es auch aussehen. Bob verließ das Museum, gut sichtbar durch die Eingangstür, und ging vor zur Straße. Dabei achtete er genau darauf, ob er irgendjemanden erkennen konnte, der das Haus beobachtete. Er wurde nicht fündig, was zwar keine Garantie war, aber ihn hoffen ließ, dass da tatsächlich niemand war. Der dritte Detektiv ging ein Stück die Straße entlang, bog in einen kleinen Fußweg ab und huschte dann vom anderen Ende des Grundstücks her wieder zum Haus. Durch das Fenster eines Ausstellungsraums, das Justus inzwischen geöffnet hatte, kletterte Bob zurück ins Museum. Er tippte rasch eine Handynachricht an den Ersten Detektiv, dass er sich nun wie geplant bereithielt. Peter würde erst kurz nach Mrs Jensen beim Museum eintreffen. Aber beide, Peter und Bob, wollten dann überraschend eingreifen, um Justus beizustehen und Mrs Jensen festzusetzen.

Der Erste Detektiv ging in der Küche auf und ab. Er versuchte, ruhig zu bleiben. Das Handy klingelte. Peters Nummer wurde angezeigt. Justus ging sofort dran. »Ja?«

»Sie ist mit ihrem Auto los«, sagte der Zweite Detektiv schwer atmend. »Ich konnte nur hoffen, dass sie wirklich zu dir fährt, und bin den ganzen Weg gerannt. Aber sie ist tatsächlich hier. Sie parkt ihren Wagen gerade ein paar Meter vom Museum weg. Ich bin in der nächsten Seitenstraße und sage auch Bob Bescheid.«

Justus bestätigte und legte auf. Er steckte das Handy in seine Hosentasche. Seine Nervosität nahm zu. Er wäre gern sofort aktiv geworden, aber es blieb ihm nichts anderes übrig, als abzuwarten. Zumindest konnte es nicht mehr lange dauern, bis sich Mrs Jensen auf die eine oder andere Art meldete. Würde sie einbrechen? Oder …

Es klingelte.

Der Erste Detektiv stand auf, steckte die rechte Hand in die Hosentasche, atmete tief durch und ging zur Tür. Er straffte seine Haltung und öffnete.

Mrs Jensen stand davor. »Kann ich reinkommen?«, fragte sie in unschuldigem Tonfall.

»Haben Sie etwas vergessen?«, fragte Justus noch unschuldiger. »Sie haben Glück, dass ich noch da bin. Eigentlich …«

»Jaja«, fiel sie ihm ins Wort. »Kann ich reinkommen?«

»Natürlich.« Justus gab die Tür frei, Mrs Jensen trat ein, schloss die Tür hinter sich – und im nächsten Augenblick übersprang das Herz des Ersten Detektivs einen Schlag, als sie eine Pistole aus der Hosentasche zog und auf ihn richtete.

»W-was soll das?«, fragte der Erste Detektiv. »Ist das … ein Witz oder so was?«

»Tu nicht so unschuldig, du großer ›Detektiv‹!«, forderte sie. »Ich werde hier keine Zeit mit dummen Gesprächen verlieren.«

Nun war die Falle also einerseits zugeschnappt, aber andererseits erwies sich die Beute keinesfalls als so wehrlos wie erwartet. Die drei ??? hatten gehofft, dass Justus Mrs Jensen wenigstens für kurze Zeit in ein Gespräch verwickeln und ihr das ein oder andere entlocken und damit Beweise sammeln konnte, ehe überraschend Peter und Bob erschienen und sie die Verbrecherin zu dritt festsetzten. Dass sie mit einer Waffe in der Hand auftauchte und diese auch noch sofort in der ersten Minute einsetzte, damit hatten sie nicht gerechnet.

Justus war klar, dass er sich nicht länger verstellen konnte. Mrs Jensen hatte deutlich gezeigt, wer sie war. »Also sind Sie die Erpresserin«, sagte er.

»Du bist ein helles Köpfchen. Und doch so dumm, dass du kurz vor dem Ende die Polizei rufst.«

»Woher wissen Sie das?«, spielte Justus nun doch wieder den Überraschten. Gleichzeitig jubelte er innerlich, weil sie soeben zugegeben hatte, dass sie es war, die Mr Harper erpresste. Und das war garantiert auch nicht dem kleinen Aufnahmegerät entgangen, das Bob aus der Zentrale mitgebracht und das Justus vorhin in seiner Hosentasche aktiviert hatte.

»Ich habe meine Quellen«, meinte Abigail Jensen süffisant. »Du solltest mich nicht unterschätzen. Und jetzt gib mir, was ich will, und ich verschwinde auf Nimmerwiedersehen. Verdammt, Junge, das hätte anders ablaufen sollen. Es hätte uns allen eine Menge Ärger erspart.«

»Was wollen Sie mit dem Stoff?«, fragte Justus. »Er ist nicht besonders wertvoll und …«

»Du hast ja keine Ahnung«, fiel sie ihm ins Wort.

»Ich weiß nicht, ob Ihnen klar ist, dass es nicht das echte Sammlerstück ist, das vom ersten Sinterklaas stammen soll. Es ist eine billige Fälschung.«

»Ach wirklich?«, höhnte sie. »Das habt ihr kleinen Detektivlinge herausgefunden? Na prima! Und jetzt gib – mir – das – Stück – Stoff!«

»Okay, okay!« Der Erste Detektiv streckte abwehrend die Hände aus. »Es ist ... es ist i-i-in der Küche!« Er stotterte bewusst, um noch ängstlicher zu wirken, als er in Wirklichkeit war. Die Knie wurden ihm allerdings tatsächlich ein wenig weich.

»Dann gehen wir beide jetzt dorthin. Du vorweg, ich hinterher. Hier noch einmal die ganz einfache Spielregel: Du gibst mir, was ich will, ich verschwinde und dir passiert nichts. Ich habe keinerlei Interesse, dir zu schaden. Ich will nur den Stoff, sonst nichts.«

Justus ging mit langsamen Schritten Richtung Küche. Er wusste, dass Bob wie abgesprochen im Ausstellungsraum daneben wartete und dass vielleicht auch Peter bereits dort durchs Fenster ins Museum geklettert war. Sicher hatten sie längst mitbekommen, was geschehen war, und überlegten fieberhaft, wie sie Justus helfen konnten. Der Erste Detektiv verließ sich darauf, dass seine beiden Freunde ihm beistehen würden, sowie sich eine Gelegenheit bot.

Er erreichte die Büro-Küche. »Was hat es mit dem Giftanschlag auf sich?«, fragte er – einerseits, um seine Gegnerin abzulenken, andererseits, weil es ihn wirklich interessierte. »Wir sind überzeugt davon, dass es eigentlich nicht Jakub Krawczyk hätte treffen sollen. Haben Sie es nur inszeniert? Wollten Sie das Opfer spielen?«

»Wieso sollte ich so etwas tun?«, fragte sie. »Ich nehme an, es war Ethan, der versucht hat, mich aus dem Weg zu räumen, weil er den Nikolaus-Stoff selbst wollte.«

»Er will ihn auch?«

»Oh, Junge, hör auf mit den Fragen und gib mir den Stoff! Sonst überleg ich mir noch mal, ob ich dich wirklich einfach so davonkommen lasse.«

Justus ging zum Kühlschrank und bückte sich. Er zog die Schublade darunter auf, in der sie den Glaskasten mit ihrer alles andere als perfekten Stoffkopie verstaut hatten, verpackt in einer dunklen Papiertüte. Der Erste Detektiv holte diese heraus und hielt sie vor sich. »Hier ist es.«

»Hol es raus!«

Sie würde die Fälschung rasch als solche erkennen, daran gab es kaum Zweifel. Das hieß, es blieb nur noch wenig Zeit für Peter und Bob, um einzugreifen. Notfalls musste er noch einmal den Überraschten spielen, um ein paar zusätzliche Momente herauszuschlagen. Er könnte ihr vormachen, dass das eben das Stück Stoff war, das Michael Watkins gebracht hatte. Was wusste er schon darüber? Um Zeit zu gewinnen, fragte er: »Sie und Ethan Coleman waren früher ein Paar, sehe ich das richtig?«

»Oh, ihr habt eure Hausaufgaben gemacht, das muss ich

zugeben. Weißt du, damals, als wir den Stoff … na ja, also als wir ihn an uns gebracht haben … Jedenfalls waren Ethan und ich damals noch ein Herz und eine Seele. Bis ich erkannte, dass ich ohne ihn besser dran bin. Also los, hol den Stoff aus der blöden Tüte!«

Justus wurde aus den scheinbar wirren Worten der Verbrecherin zwar nicht schlau, aber er konnte es nun nicht länger hinauszögern. Also nahm er den Kasten aus der Tüte und hielt ihn ihr hin. Jetzt kam es darauf an …

20. DEZEMBER

Ein wenig Licht ins Dunkle

Abigail Jensen schrie auf.

Offenbar erkannte sie die Fälschung sofort. »Soll das ein Witz sein?«, brüllte sie Justus an und schlug ihm den Glaskasten einfach aus der Hand. Dieser zerschellte am Boden, die Scherben spritzten in alle Richtungen davon, das Stoffstück blieb vor dem Kühlschrank liegen.

Ehe der Erste Detektiv irgendwie reagieren konnte, stürzte Peter durch die Küchentür, sprang Mrs Jensen von hinten an und umklammerte sie. Unter der Wucht taumelte sie und versuchte zwar die Pistole hochzuhalten, aber Peter drückte ihr die Arme an den Oberkörper.

Der Lauf der Waffe zeigte ins Nirgendwo des Raumes. Justus schlug Mrs Jensen gegen die Hand. Die Finger öffneten sich instinktiv, die Waffe landete auf dem Boden und der Erste Detektiv trat sie beiseite. Sie schlitterte ebenfalls Richtung Kühlschrank.

Mrs Jensen stieß sich nach hinten und brachte Peter damit

aus dem Gleichgewicht. Der Zweite Detektiv krachte mit dem Rücken gegen die Wand. Sein Griff lockerte sich. Mrs Jensen wirbelte herum und schleuderte Peter zur Seite. Er prallte gegen Justus, sodass dieser den Halt verlor und zu Boden fiel. Peter selbst landete krachend auf dem Tisch.

Abigail Jensen wollte fliehen, doch Bob stand im Türrahmen und versperrte ihr den Weg. Sie reagierte geistesgegenwärtig, machte stattdessen zwei Schritte zurück in den Raum, an Peter vorbei, der sich gerade wieder aufrappelte. Justus lag neben der Pistole. Er streckte bereits die Hand danach aus – aber Mrs Jensen war schneller. Sie hechtete zu Boden und schnappte sich die Waffe.

»Keine Dummheiten jetzt!«, befahl sie, während sie wieder auf die Füße kam. Und dann feuerte sie ab – aber nicht auf einen der Jungen, sondern in die Decke. Putz rieselte herab. Ein Warnschuss! Anschließend dirigierte sie die Jungen mit der Waffe im Kreis um sich herum, bis sie sich rückwärts aus der Küche zurückziehen konnte, und keiner der drei Detektive hinderte sie daran. Das wäre purer Leichtsinn gewesen. Dieses Risiko durften sie nicht eingehen.

»Gut. Gut, gut.« Sie murmelte die Worte vor sich hin. »Ihr wisst also von der Wanze und wolltet mich in eine Falle locken. Ich habe euch unterschätzt. Wo ist das echte Stück Stoff?« Sie stieß die Sätze fast atemlos aus.

»In Sicherheit und weit genug weg vom Museum. Es wird morgen ganz fair versteigert werden. Die Chance darauf haben sie verloren – das ist Ihnen doch klar? Sie können nicht …«

»Halt's Maul!«, fuhr sie ihn an. »Ich bekomme mein Stoffstück, das echte, hört ihr? Ich bekomme es!« Sie machte einen weiteren Schritt zurück. »Ihr bleibt in der Küche und zählt bis hundert, ehe ihr rauskommt, ist das klar?«

»Aber …«, begann Peter.

»Maul halten!«, herrschte sie den Zweiten Detektiv an. Die Wut stand ihr überdeutlich ins Gesicht geschrieben. »Und macht die Tür zu!« Sie verschwand im Flur.

Bob gehorchte. Damit blieben sie allein zurück.

»Wir müssen ihr nach!«, sagte der Zweite Detektiv.

»Nicht, solange sie da draußen vielleicht mit der Waffe steht«, stellte Justus klar.

»Aber dann entkommt sie.«

Der Erste Detektiv nickte. »Damit müssen wir uns abfinden.«

Als sie sich kurz darauf hinauswagten, stand die Haustür offen. Peter sah rechts die Straße hinunter, er wusste ja, wo Mrs Jensen ihren Wagen geparkt hatte. Das Auto war verschwunden. »Die ganze Falle war nutzlos«, sagte er zu seinen Freunden.

»Das würde ich nicht so sehen«, widersprach Justus. »Es hat nicht so funktioniert, wie wir wollten, das ist natürlich richtig … aber wir haben einiges erfahren.« Er zog das Aufnahmegerät aus seiner Hosentasche. »Zum Beispiel haben wir ihr Geständnis, dass sie die Erpresserin ist.«

»Was nicht viel nützt, da sie verschwunden ist«, sagte Bob. »Und nachdem sie uns bedroht und auf uns geschossen hat, wird sie kaum wieder auftauchen.«

»Völlig korrekt, Kollege«, sagte Justus. »Und genau das gibt mir zu denken. Sie muss untertauchen. Sie hat ihr bisheriges Leben sozusagen hingeschmissen, und das war völlig klar ab dem Moment, als sie die Waffe in die Hand genommen hat. Aber wofür dieser hohe Preis? Ich glaube, sie hat bewiesen, dass meine Annahme stimmt – sie weiß, dass es nicht der Sinterklaas-Stoff ist, sondern etwas viel Wertvolleres! Hier, hört euch das an!«

Der Erste Detektiv spulte die Aufnahme ein Stück zurück, nickte zufrieden und ließ sie laufen, bis er selbst zu hören war, wie er sagte: »*Was wollen Sie mit dem Stoff? Er ist nicht besonders wertvoll und …*« Dann fiel Mrs Jensen ihm ins Wort: »*Du hast ja keine Ahnung!*«

Justus spulte etwas vor, bis zu hören war, wie Mrs Jensen sagte: »*… mich aus dem Weg zu räumen, weil er den Nikolaus-Stoff selbst wollte.*«

Der Erste Detektiv stoppte die Wiedergabe. »Nikolaus-Stoff! So hat sie ihn nicht nur einmal, sondern wenig später ein zweites Mal genannt. Nicht Sinterklaas, sondern Nikolaus.«

»Das ist doch ungefähr dasselbe«, meinte Peter.

»Aber nicht für jemanden, der sich so gut auskennt mit der Weihnachtsmaterie wie sie«, widersprach Justus. »Mrs Jensen wirft mir erstens an den Kopf, dass ich ja keine Ahnung habe, wie viel der Stoff wirklich wert ist – und nennt ihn zweitens Nikolaus-Stoff. Sie weiß also, dass es sich um etwas anderes handelt.«

»Alles schön und gut«, sagte Peter. »Wir können hier noch

eine Stunde weiterreden und am Ende hast du ohnehin mit allem recht. Ich will aber lieber, dass wir endlich Inspektor Cotta informieren. Sie hat uns mit einer Waffe bedroht! Wir wissen, dass sie die Erpresserin ist.«

»Aber wir haben sie noch nicht gestellt«, sagte Justus und entschied: »Nein, wir erledigen diesen Fall selbst, Kollegen. Sie wird morgen bei der Auktion zuschlagen, irgendwie … und dann schnappen wir sie uns!«

21. DEZEMBER

Wer hat den besseren Plan?

Die drei ??? informierten ihren Auftraggeber darüber, dass es mit der Falle für Mrs Jensen nicht so gelaufen war, wie sie es geplant hatten. Aaron Harper war enttäuscht, zeigte sich aber vor allem erleichtert, dass ihnen nichts passiert war. Und er bestand darauf, dass sie nun die Polizei rufen mussten.

Justus bat ihn inständig, Ruhe zu bewahren. »Wir haben natürlich auch darüber nachgedacht«, erklärte er. »Aber wir wollen versuchen, Mrs Jensen erneut eine Falle zu stellen. Wir glauben, dass sie – oder einer ihrer Helfer – morgen bei der Auktion zuschlagen wird. Das ist der Moment, in dem wir sie dingfest machen und endgültig überführen können!«

Mr Harper zögerte, hatte Justus' Entschlossenheit aber nichts entgegenzusetzen.

Danach machten die drei ??? sich trotz der späten Stunde noch auf den Weg zur Zentrale – natürlich wieder nicht auf dem direkten Weg. Sie fuhren mit den Fahrrädern erst in eine völlig andere Richtung und behielten dabei ihre Umgebung genau im Auge. Mrs Jensen hatte bei ihrem Abgang eben zwar so gewirkt, als ob sie sich nach dem gescheiterten Versuch, den Stoff zu bekommen, erst mal sammeln musste. Dennoch war es möglich, dass sie das Museum beobachtete und die drei ??? auf ihrem Heimweg verfolgte, um etwas über das Versteck des Stoffes herauszufinden. Also fuhren sie wieder kreuz und quer durch Rocky Beach und nutzten ihre Tricks, um die mögliche Verfolgerin abzuhängen. Und selbst wenn Mrs Jensen dranbleiben könnte, würden sie sie nicht zum Stoffstück bringen, sondern nur zum Schrottplatz.

Dieser lag still und dunkel da, als sie ihn erreichten. Onkel Titus und Tante Mathilda schliefen bereits. Die Jungen nutzten einen der Geheimzugänge zu ihrer Zentrale, das Kalte Tor, einen alten Kühlschrank, dessen Rückseite sich zur Seite schieben ließ. Dahinter lag ein kurzer Wellblechtunnel, der durch den Schrottberg in den alten Campinganhänger führte.

»Eins steht fest«, sagte Justus. »Mrs Jensen kann morgen früh unmöglich persönlich zur Auktion kommen. Sie hat klar gezeigt, wer sie ist, und wird untertauchen. Ihr muss völlig klar sein, dass sie gesucht werden wird. Vermutlich wird sie also einen Helfer schicken. Aber wir müssen auf alles vorbereitet sein – und unsere Falle diesmal noch besser stellen. Außerdem dürfen wir Ethan Coleman nicht außer Acht lassen. Er kann und wird offen an der Auktion teilnehmen. Er weiß nicht, was sich in den letzten Stunden abgespielt hat, und er weiß nicht, was wir alles von ihm wissen. Von seiner kriminellen und persönlichen Vergangenheit mit Mrs Jensen. Und dass er sie vielleicht vergiften wollte. Auch wenn er nicht der Erpresser ist, zählt er wahrscheinlich zu den Verbrechern in diesem Fall. Dafür muss er zur Rechenschaft gezogen werden.«

»Genau. Es gab Anklagen gegen die beiden«, präzisierte Bob. »Sie wurden der Hehlerei beschuldigt. Was im Licht der aktuellen Ereignisse wohl den Tatsachen entspricht, auch wenn es damals nicht bewiesen werden konnte.«

»Und das Stoffstück haben die beiden offenbar zusammen besessen. Sie haben es ›an sich gebracht‹«, ergänzte Justus. »So hat sie es genannt. Was wohl heißt, dass sie es gestohlen hatten.«

Bob nickte. »Danach müssen Jensen und Coleman den Stoff irgendwie verloren und ihn jetzt bei der Auktion wiederentdeckt haben. Darum wollen sie das Stück zurückhaben, jeder für sich. Weil sie beide – und damit meine ich, *nur* sie beide – wissen, worum es sich wirklich handelt und was es wert ist.«

»Meines Erachtens ein extrem wertvolles Stück Stoff vom *Nikolaus*«, sagte Justus nachdenklich, »nicht vom Sinterklaas.«

»Ich recherchiere, ob ich irgendetwas darüber finden kann«, kündigte Bob an. Er schaltete den Computer an und wartete ungeduldig, während dieser hochfuhr.

Peters Handy klingelte. Der Zweite Detektiv erkannte die Nummer auf dem Display. »Ja, Mr Harper?« Er tippte auf das Lautsprechersymbol.

»Mrs Jensen! Sie … sie hat sich bei mir gemeldet.« Die Stimme ihres Auftraggebers klang sehr aufgeregt.

»Noch ein Erpresserbrief?«, fragte Peter verblüfft.

»Nein. Eine Textnachricht auf meinem Handy. Hört sie euch

an, ich lese sie vor. ›*Es war dumm von Ihnen, Harper, die Detektive einzuschalten. Das hat alles viel schwieriger gemacht. Aber ich bekomme, was ich will. Sie werden den Stoff morgen versteigern – und zwar das Original, nicht wieder irgendeine lächerliche Fälschung wie der Fetzen, den dieser Justus mir vorhin unterschieben wollte! Holen Sie das echte Stück aus dem Versteck und versteigern es – oder das Museum brennt, ist das klar? Glauben Sie mir, ich muss dort nicht selbst auftauchen, ich habe meine Leute, für alles und überall. Und noch ein Letztes: Sagen Sie diesen Jungs, dass sie sich zurückhalten sollen … Sie wissen ja, was sonst passiert.*‹« Aaron Harper schluckte schwer. »Das war die Nachricht. Glaubt ihr das? Dass sie Leute hat, die sie schicken kann? Und was sollen wir jetzt tun?« Er sprach schnell und fahrig.

»Wir tun genau das, was sie verlangt«, sagte Peter.

Der Erste Detektiv nickte. »Die Versteigerung soll stattfinden. Mrs Jensen wird zuschlagen, hat sie gesagt – wahrscheinlich mithilfe eines Komplizen. Aber dann schlagen *wir* zu! Sie ist nicht dumm. Natürlich wird sie genau damit rechnen. Das heißt, sie plant irgendwas. Sie geht davon aus, dass ihr Helfer entkommen wird, obwohl wir versuchen werden, genau das zu verhindern.«

»Sie hat verlangt, dass wir nichts tun, sonst wird das Museum brennen«, gab Peter zu bedenken.

»Aber darauf wird sie sich nicht verlassen«, gab sich Justus überzeugt. »Vielleicht hofft sie es, aber sie hat garantiert einen Plan B für den Fall, dass wir doch eingreifen.«

»Es kommt nur auf eine Sache an«, meinte Peter. »Unser Plan muss besser sein als ihrer! Und das schaffen wir!«

»Deinen Optimismus möchte ich haben«, sagte Mr Harper.

»Habe ich mir antrainiert«, sagte der Zweite Detektiv.

Mr Harper seufzte. »Also sehen wir uns morgen früh?«

»Wir sind zwei Stunden vor Auktionsbeginn bei Ihnen im Museum. Und wir bringen das Stück Stoff mit. Machen Sie sich keine Sorgen.«

»Das sagst du so einfach.«

Sie verabschiedeten sich und beendeten das Gespräch.

»Leute«, sagte Bob, der während der letzten Minuten weiterhin im Internet recherchiert hatte. »Ich hab hier was. Mit den richtigen Stichworten war es ganz einfach, fündig zu werden. Ich musste nur wissen, wonach ich suchen muss. Die Sache ist total verrückt! Hört zu. Es liegt zwanzig Jahre zurück.«

Der dritte Detektiv berichtete von einem damals aufsehenerregenden Einbruch in ein Museum, von dem er im Zuge seiner vorigen Recherchen zu diesem Fall sogar schon gelesen hatte. Es ging um die Galleria Borghese in Rom. Im Zusammenhang damit, dass eine Weihnachts-Sonderausstellung dieses berühmten Kunstmuseums beworben wurde, hatte er die Namen von Abigail Jensen und Ethan Coleman gefunden. Und genau aus dieser Sonderausstellung waren später einige wertvolle Stücke gestohlen worden. »Sehr wertvolle Stücke sogar«, erklärte Bob. »Bei einem davon handelte es sich – ihr ahnt es bestimmt – um ein Stück Stoff. Es soll aus der Robe einer der Personen stammen, die als historisches Vorbild für den Nikolaus gelten. Und zwar von Nikolaus von Sion. Das war ein Bischof, der im sechsten Jahrhundert in der Nähe der Stadt Myra lebte. Die liegt in der heutigen Türkei. Im sechsten Jahrhundert, also vor anderthalb Jahrtausenden! Damit ist dieses Stück Stoff fast tausend Jahre älter als eines, das vom ersten Sinterklaas der Niederlande stammen soll. Hier, seht euch das Foto an!« Er drehte den Bildschirm zu seinen Freunden.

»Ja, das ist unser Stück Stoff«, bestätigte Justus.

»1500 Jahre?«, fragte Peter nach. »Du willst mir sagen, dass dieser Stoff, der momentan zwischen meinen Socken liegt, *eintausendfünfhundert Jahre* alt ist?«

»Ganz genau«, sagte Bob. »Das Museum hat damals einen Finderlohn von hunderttausend Dollar ausgeschrieben, aber alle Bemühungen sind im Sand verlaufen.«

Die Finger des Zweiten Detektivs zitterten ein bisschen. Seine Lippen formten stumm die Worte: »*Hundertausend Dollar Finderlohn.*«

»Ein Nikolaus-Stoff«, sagte Justus zufrieden. »Und vor deiner Recherche, Kollege, hatten wir keine Ahnung, was er wert ist. Genau wie Abigail Jensen gesagt hat.«

»Und was machen wir jetzt damit?«, fragte Peter.

»Das haben wir doch schon beschlossen«, antwortete Justus. »Morgen früh wird es versteigert.«

»Das können wir nicht tun!«, entfuhr es dem Zweiten Detektiv. »Wir müssen diese Galleria Dingsbums in Rom …«

Justus streckte die Hand aus und unterbrach: »Oh doch, wir können. Ich habe da eine Idee, hört zu …«

22. DEZEMBER

Remmidemmi

Ethan Coleman erschien wie ein völlig normaler Besucher kurz vor Beginn der Auktion. Die drei ??? behielten ihn genau im Auge und bemerkten, dass er sich immer wieder suchend umschaute. Wahrscheinlich wunderte er sich, dass Mrs Jensen nicht auftauchte.

Sonst waren alle Teilnehmer bald wieder versammelt, inklusive dem gestern frisch dazugestoßenen Oliver Wilson. Und zur allgemeinen Überraschung traf auch Ewa Krawczyk ein und wurde freudig empfangen. Auf Nachfragen berichtete sie: »Meinem Mann geht es so gut, dass ich ihn nur mit Mühe davon abhalten konnte, gegen den Rat der Ärzte das Krankenhaus zu verlassen. Ich habe ihm dafür versprochen, ohne ihn erst recht eine knallharte Bieterin zu sein, also wappnet euch!«

Dafür erntete sie höfliches Gelächter.

Pünktlich eröffneten Michael Watkins und Aaron Harper die Auktion. Justus saß wie gestern mit am Tisch und führte die Verkaufsliste. Die drei ??? hatten darum gebeten, zunächst zwei weniger interessante Stücke zu versteigern, was rasch über die Bühne ging.

Danach kam der große Moment: Michael Watkins griff in eine Holzkiste und holte einen kleinen Glaskasten mit getönten Scheiben heraus.

Bob saß neben Ethan Coleman in der dritten Reihe und bemerkte, wie sich dessen Haltung anspannte.

»Die Versteigerung dieses Objekts darf ausnahmsweise ich leiten«, sagte Watkins, »weil es kein Kleckerkram ist, sondern eins meiner Lieblingsstücke, das ich euch hiermit präsentiere.« Tatsächlich tat er es deswegen, weil die drei ??? ihn darum gebeten hatten. Aaron Harper war bei den Proben am Morgen so nervös gewesen, dass die Präsentation furchtbar unnatürlich gewirkt hatte. Mr Watkins war in dieser Hinsicht aus ganz anderem Holz geschnitzt. »Ihr habt vermutlich alle davon gehört. Ein Stück Stoff aus dem Mantel des ersten Sinterklaas!«

»Angeblich!«, tönte es aus der zweiten Reihe.

»Angeblich, ja«, stimmte Watkins zu. »Natürlich können wir es nicht beweisen. Aber allein die Geschichte dieses Sammlerstücks macht es doch unwiderstehlich. Madame Camille persönlich hat es besessen, ehe es nach Amerika ging und danach lange verschollen war. Nach dem Tod des Vorbesitzers, der anonym bleiben wollte, haben seine Erben es mir verkauft. Und jetzt kann es euch gehören. Ich eröffne mit … Aaron, was meinst du?«

Der zuckte mit den Schultern.

»Ich eröffne mit fünfzig Dollar!«, rief Watkins.

Sofort schossen die Gebote in die Höhe. Hundert, hundertfünfzig. So schnell war es bei bislang keinem Stück gegangen.

Ethan Coleman hielt sich zurück. Erst als die Gebote bei 350 Dollar lagen, sagte er unvermittelt: »Fünfhundert.«

Das wurde mit einem Raunen im Raum quittiert.

Ewa Krawczyk konterte mit einem ruhig vorgebrachten: »Sechshundert.«

Noch mehr Raunen.

»Siebenhundert«, sagte Oliver Wilson, der in der ersten Reihe saß und zuvor nur bis zu kleinen Summen mitgeboten hatte.

»Na, so was!«, rief Michael Watkins. »Ich sehe schon, ihr wisst zu würdigen, dass …«

»Tausend!«, rief Mr Coleman in den Raum.

»Na, das ist doch ein bisschen Remmidemmi wert!«, rief Watkins und etliche im Raum applaudierten.

Ewa Krawczyk und Oliver Wilson boten gleichzeitig 1100 Dollar. »Das war jetzt doppelt gemoppelt«, kommentierte Watkins, woraufhin Wilson auf 1200 Dollar erhöhte.

Weiter ging es in Hunderter-Schritten, bis Ethan Coleman erneut einen großen Schritt ging und von 1600 auf glatte 2000 Dollar erhöhte.

Die drei ??? vermuteten, dass er auch 5000 und mehr bieten würde. Er war offenbar bereit, tief in die Tasche zu greifen. Aber warum auch nicht? Selbst wenn er letztendlich 10000 Dollar bezahlte – was bedeutete das schon bei einem Stück, das bei einem Finderlohn von hunderttausend Dollar tatsächlich wohl eine Million oder mehr wert war?

Michael Watkins sah sich um. »Jemand mehr als 2000? Na, da geht doch noch was!«

Justus bemerkte, wie Mr Harper nervös mit den Händen an einem Stift nestelte. Er fragte sich vermutlich ebenso wie der Erste Detektiv, wann und wie Mrs Jensen oder eben ein Helfer eingreifen würde. Viel Zeit blieb nicht mehr. Was plante sie? Justus hatte wie seine Kollegen den Raum genau im Blick, beobachtete alles und jeden. War ihr Helfer bereits vor Ort? War es einer der Teilnehmer? Vielleicht der Nachzügler Mr Wilson? Oder jemand, den Mrs Jensen von Anfang an als Plan B eingeschmuggelt hatte, falls alles schiefging? Jemand, der bislang nicht sonderlich aufgefallen war?

Weil niemand reagierte, begann Watkins mit der klassischen Zählung: »2000 zum Ersten … 2000 zum Zweiten … und …«

»Zweieinhalb!«, rief Ewa Krawczyk und wandte sich an Coleman: »Komm, gönn es mir, ehe du mich in den Ruin treibst. Am Ende können wir Jakubs Krankenhausrechnung nicht bezahlen.«

»Ich mag euch«, gab Ethan Coleman zurück. »Wirklich. Aber ich biete trotzdem 2750 Dollar.«

»2751«, sagte Ewa Krawczyk zur allgemeinen Erheiterung.

»Kürzen wir die Sache doch ab«, schlug Coleman vor. »3000, und der Stoff gehört mir.«

Bei allen anderen Teilnehmern außer den letzten Bietern herrschte längst atemlose Stille. Ewa Krawczyk verschränkte die Arme und lehnte sich im Stuhl zurück.

Diesmal wurde die Zählung nicht unterbrochen – Ethan

Coleman erhielt den Zuschlag für 3000 Dollar. Ein Geschäft, über das er innerlich wohl jubilierte, auch wenn er sich das nicht anmerken ließ.

»Gratulation«, sagte Mr Watkins.

Justus trug den Namen und die Summe in seine Liste ein. Er konnte kaum glauben, dass noch immer nichts geschehen war, dass sich Mrs Jensen noch immer zurückhielt. Hatte sie abwarten wollen, wer das Stück schließlich ersteigerte? Oder – der Gedanke kam ihm ganz plötzlich – war vielleicht alles zwischen ihr und Mr Coleman nur Schauspiel gewesen? Arbeiteten die beiden in Wirklichkeit zusammen? Aber wenn er den Stoff ganz normal und fair ersteigerte, hätten sie sich die ganze Erpressung sparen können. Nein, das passte nicht.

»War ja ganz schön teuer«, verkündete Ethan Coleman und ging nach vorne zum Auktionstisch. »Aber was tut man nicht alles für ein einmaliges Stück.« Er nahm den Glaskasten in die Hand. »Darum versteht ihr bestimmt, dass ich das Stück direkt an mich nehmen möchte. Ich hoffe, ihr werdet …«

Ein ohrenbetäubender Knall ließ ihn verstummen, gefolgt von einem durchdringenden Zischen.

Justus sprang sofort auf, Peter und Bob nur Sekundenbruchteile nach ihm. Der ganze Raum füllte sich mit weißlichem Rauch.

23. DEZEMBER

Manipulation

Irgendwo im Raum schrie jemand, eine schrille Frauenstimme. Justus konnte sie jedoch nicht zuordnen. Er blickte in die ungefähre Richtung, aber alles, was weiter als einen Meter entfernt lag, verschwand hinter den rauchigen Schwaden. »Vorsicht!«, hörte er Mr Watkins rufen, und dann ein ganzes Sammelsurium von Geräuschen. Ein Husten. Das Knallen eines umfallenden Stuhls. Ein Ächzen, wohl als zwei Menschen gegeneinanderliefen. Das Rucken von Tischbeinen.

Justus begriff, was vor wenigen Sekunden passiert war: Jemand hatte eine Rauchbombe gezündet, mitten im Raum! Und dafür konnte es nur einen Grund geben. Dieser Jemand wollte den Nikolaus-Stoff stehlen! Das also war die Art, auf die Mrs Jensen nun in das Geschehen eingriff … und zwar genau wie erwartet über einen Komplizen. Dieser hatte sich schon im Raum befunden. Nur – wer war es gewesen? Das hatte der Erste Detektiv nicht erkennen können.

»Mr Coleman, passen Sie auf den Stoff auf!«, rief Justus.

Oder besser gesagt, er wollte es rufen, doch der Rauch drang ihm in den Mund. Er unterdrückte ein Husten und brachte die Worte nur als heiseres Krächzen heraus.

»Fenster«, hörte er eine dumpfe Stimme. Gehörte sie Aaron Harper? Er sah Gestalten umherwanken wie Schattenrisse.

In dem Raum war binnen nicht einmal einer halben Minute Chaos ausgebrochen. Weitere Stühle fielen um. Ein Poltern und Krachen folgte, wahrscheinlich war jemand gegen ein Regal gestoßen und etwas war herausgefallen. Dann ein Splittern, fast wie von Glas, aber dumpfer.

Wo war Coleman? Der Erste Detektiv umrundete den Tisch. Hier war der Mann eben noch gewesen, mit dem kleinen Glaskasten in der Hand. Dann entdeckte er ihn. Coleman lag am Boden, stützte sich gerade hoch und kam wieder auf die Knie.

»Gest…« Das Wort ging in einem Husten unter.

»Gestohlen?«, fragte Justus.

Coleman nickte.

Er hörte das Zuschlagen einer Tür. Das konnte nur der Dieb gewesen sein, jeder andere hätte die Tür aufgehalten. Justus wollte hinterher, aber da waren Menschen im Weg, viel zu viele Menschen, die durch die Rauchschwaden irrten. Er quetschte sich an ihnen vorbei und riss die Tür auf.

Die frische Luft war herrlich. Justus atmete tief durch. »Peter! Bob! Wir müssen hinterher!«, rief er in den Raum und eilte los Richtung Ausgang.

Kurz bevor Justus dort war, überholte ihn Peter. »Bob ist auch gleich da! Wir schnappen uns Wilson!«

»Wilson?«, fragte Justus, während sie die ersten Schritte ins Freie machten. »Er war es?«

»Hast du es nicht gesehen?«, fragte Bob, der gerade zu ihnen aufschloss. »Er hat die Rauchbombe gezündet!«

Oliver Wilson, der Mann, der gestern erst am Abend zur Auktion hinzugekommen war. *Ich schicke jemanden vorbei, der es holt*, hatte Abigail Jensen im ersten Erpresserbrief geschrieben. Dann in der Textnachricht an Mr Harper angekündigt: *Ich habe meine Leute*. War Wilson einer davon? Oder der Einzige? Justus dachte an den Helfer, der die Mari Lwyd getragen hatte und die ganze Zeit über unter einem Tuch verborgen geblieben war. War das bereits Oliver Wilson gewesen?

Wie auch immer, es spielte keine Rolle mehr! Nun galt es nur, den Flüchtenden aufzuhalten. Die drei ??? waren durch den Vorgarten in Richtung Straße gerannt. Sie sahen gerade noch, wie etwa zwanzig Meter entfernt ein Wagen vom Parkstreifen ausscherte und mit röhrendem Motor und quietschenden Reifen losraste. Es war ein dunkelroter, klappriger Ford. Das Auto jagte an ihnen vorbei. Durch die Windschutzscheibe erkannten sie tatsächlich Oliver Wilson. Er saß auf dem Beifahrersitz und hielt ihnen mit breitem Grinsen den Glaskasten entgegen. Den Wagen fuhr … Abigail Jensen! Der Ford raste vorbei und verschwand die Straße hinunter.

»Wir schnappen uns die beiden!« Peter eilte zu seinem MG, der auf der anderen Straßenseite parkte. So schnell sie konnten, stiegen die drei ??? ein. Der Zweite Detektiv startete, wendete auf der Straße und fuhr dem Ford nach.

Dieser war bereits nicht mehr zu sehen. Mrs Jensen konnte geradeaus um die nächste Kurve verschwunden sein oder in eine Querstraße abgebogen. Eine Verfolgung wäre ein Glücksspiel gewesen …

… wenn die drei Detektive nicht für diesen Fall vorgesorgt hätten. Sie hatten den Glaskasten auf zweifache Weise manipuliert, und eine davon war ein kleiner Peilsender, den sie darin versteckt hatten und dessen Signal sie nun folgen konnten.

Justus zog das dazugehörige Empfangsgerät aus seiner Hosentasche und blickte auf das Display. »Wir müssen geradeaus, Kollege! Nachher dann rechts. Ich sag dir rechtzeitig Bescheid.«

Peter umklammerte das Lenkrad und sah im Rückspiegel, dass ihm ein anderes Auto fast auf dem Kofferraum klebte.

»Jetzt!«, rief Justus. »Rechts ab!«

Die kleine Seitenstraße lag nur wenige Meter voraus. Der Zweite Detektiv bremste scharf und riss das Lenkrad herum. Die Reifen quietschten. Der Wagen hinter ihm wurde noch größer, es konnten nur noch wenige Zentimeter zwischen ihnen sein.

»Du wolltest mir doch *rechtzeitig* Bescheid sagen, Just!«

»Das ist gar nicht so einfach mit dem Peilgerät«, verteidigte sich der Erste Detektiv.

Bob drehte sich auf der Rückbank um. »Das ist Coleman, der da an uns dranhängt! Das gibt es auch selten, dass die Schurken uns folgen statt wir ihnen.«

»Ich kenne diese Straße«, sagte Peter. »Die fahren Richtung Meer.«

»Jein«, widersprach Justus. »Sie steuern den Hafen an! Und wenn ich die Anzeige des Peilgeräts richtig interpretiere, haben sie soeben dort gestoppt.«

»Am Hafen?«, fragte Bob. »Warum das?«

»Ich hege eine ganz üble Vermutung«, sagte der Erste Detektiv. »Sie haben, was sie wollen, und Mrs Jensen kann sich nirgends mehr blicken lassen. Sie muss untertauchen. Die beiden wollen auf ein Schiff und sich absetzen!«

»Mensch, Peter«, drängelte Bob, »fahr schneller!«

»Ich tu bereits, was ich kann!« Trotz dieser Beteuerung drückte Peter das Gaspedal noch ein wenig weiter durch.

Bob schnappte sich sein Handy. »Ich rufe jetzt wirklich die Polizei! Inspektor Cotta soll sofort dorthin kommen.«

Sie erreichten den Hafen etwa zwei Minuten später. Peter entdeckte den klapprigen Ford am Ende der Straße. Er parkte den MG direkt daneben, und noch ehe sie ausgestiegen waren, hielt ebenfalls Ethan Colemans Wagen.

Alle sprangen aus den Autos.

Natürlich war der Ford bereits leer. Ein Stück weit vor ihnen ging es eine flache Treppe hinunter zum eigentlichen Hafengelände und dem Schiffsanleger. Viel Betrieb herrschte nicht, im Gegenteil. Nur ein paar kleine Yachten und Boote dümpelten am Sonntagvormittag gemütlich in den glitzernden Wellen. Zwei Gestalten eilten über die Stufen, ohne Zweifel Jensen und Wilson. Letzterer hielt den Glaskasten mit dem Stoffstück in beiden Händen, was ihn daran hinderte, in vollem Tempo zu rennen.

Die drei ??? hetzten sofort los.

Coleman folgte ihnen unmittelbar. »Ich werde es mir wiederholen!«, rief er mit wütender Stimme. »Bleib stehen, Abigail! Es ist mein Stoff! Ich hab ihn ersteigert!«

Mrs Jensens höhnisches Lachen schallte zu ihnen nach oben. Gleichzeitig wurde sie kein bisschen langsamer.

Peter war am schnellsten, er holte auf. Ihm war klar, dass die beiden beim Zustieg in eins der Schiffe Zeit verlieren würden. Das war seine Chance. Ihm kam eine Idee. Er bückte sich im Laufen und schnappte sich einen der vielen herumliegenden Steine. Er hatte nur eine Chance. Die würde er nutzen.

Jensen und Wilson stoppten vor einer kleinen weißen Yacht. Eine hölzerne Einstiegstreppe war heruntergelassen. Mrs Jensen begann hinaufzusteigen. Wilson hinter ihr musste einen Moment warten.

Als er gerade den ersten Schritt auf das Treppchen machte, blieb Peter stehen, atmete einmal tief durch, zielte und warf.

Wie erhofft, traf er genau den Glaskasten, der in Wilsons Händen zersplitterte. Mit einem Aufschrei ließ der Mann los. Die Reste des Kastens krachten auf die Treppe und zerbrachen. Das Stoffstück rutschte zwischen den Scherben heraus, wurde von einer Windbö erfasst und trudelte davon, ehe es einige Meter entfernt auf eine der sanft in den Hafen rollenden Wellen klatschte.

24. DEZEMBER

24/12

Mr Wilson schrie auf.

Und neben sich hörte Peter einen ebenso entsetzten Laut von Ethan Coleman. »Was hast du getan?«, brüllte er dann. »Der Stoff…« Die Szenerie wirkte wie eingefroren. Zum ersten Mal seit Langem schienen sich Abigail Jensen und Ethan Coleman wieder einmal einig zu sein. Beide taten dasselbe, sie starrten fassungslos auf die Wellen und das darauf zu erahnende, klatschnasse Stück Stoff. »Du hast es zerstört«, sagte Coleman tonlos, und jede Energie war plötzlich aus seinem Körper gewichen. »Das übersteht das uralte Material nicht.«

Mrs Jensen umklammerte die Reling der Yacht. »Ich hatte es«, stöhnte sie. »Ich hatte es endlich.«

Oben auf den Parkplätzen ertönte das Heulen von Polizeisirenen. Kurz darauf hasteten Inspektor Cotta und drei weitere uniformierte Polizisten die Stufen zu ihnen herunter.

Coleman deutete auf die Yacht. »Verhaften Sie sie!«, rief er. »Wenn schon alles andere verloren ist, dann wenigstens das.«

»Eine gute Idee«, sagte Justus zu Inspektor Cotta, der sie soeben erreichte und dessen Kollegen zuerst Oliver Wilson, dann Abigail Jensen festnahmen. Beide leisteten keinen Widerstand. Mit der Zerstörung des Stoffstücks schien auch für sie alles sinnlos geworden zu sein. »Nur eins sollten Sie darüber hinaus ebenfalls noch erledigen, Inspektor.«

»Und das wäre?«, fragte Cotta.

»Verhaften Sie auch ihn.« Justus deutete auf Ethan Coleman.

Der schnappte nach Luft. »Mich? Was? Wie kommst du darauf? Wenn, dann vielleicht diesen Peter hier! Ich habe nichts getan, aber er hat mutwillig den Stoff zerstört, den ich erst vor wenigen Minuten für 3000 Dollar ersteigert habe!«

»Also, erstens haben Sie ja noch gar nicht bezahlt, und zweitens kann ich Ihnen gern ein anderes Stoffstück geben, wenn Sie wollen«, sagte der Zweite Detektiv gelassen.

»Du weißt ja nicht, was du da redest, Junge! Das Stück war einmalig.«

»War es nicht«, stellte Peter klar.

»Im Vorrat meiner Tante Mathilda«, ergänzte Justus, »gibt es bestimmt noch ein Dutzend vergleichbarer Stoffe. Da haben wir auch dieses gefunden und eine recht passable Fälschung daraus erstellt.«

»Oder denken Sie, ich würde ein anderthalb Jahrtausende altes, einmaliges Stück einfach so zerstören?«, fragte Peter.

Diesmal hatten sich die drei ??? bei der Fälschung merklich mehr Mühe gegeben. Das echte Stoffstück ruhte nach wie vor sicher bei Peters Socken im Haus seiner Eltern. Später würden sie es, so war es mit Mr Harper und Mr Watkins abgesprochen, dem Kunstmuseum in Rom zukommen lassen, aus dem es damals gestohlen worden war.

»Aber … was …« Mr Coleman presste die Augen zusammen. Wahrscheinlich begriff er in diesem Augenblick, dass er einem Trick auf den Leim gegangen war. Trotzdem spielte er sein Spiel weiter. »Du verschätzt dich ganz schön. Es ist gerade mal etwa fünfhundert Jahre alt. Der erste Sinterklaas …«

»Geben Sie sich keine Mühe«, fiel Justus ihm ins Wort. »Wir wissen Bescheid. Über den Stoff des Nikolaus von Sion. Darüber, dass Sie das Getränk vergiftet haben. Über Sie und Mrs Jensen, und dass Sie früher ein Paar waren.« Die Sache mit der Vergiftung wussten sie natürlich immer noch nicht mit Gewissheit – aber Mr Coleman widersprach nicht, und das wertete der Erste Detektiv als Beweis.

»Ein Gaunerpärchen«, griff Bob das Stichwort auf. »Sie standen unter dem Verdacht der Hehlerei, was man Ihnen nie hat nachweisen können.«

Ethan Coleman fiel in sich zusammen. Er knickte ein, als ihm klar wurde, dass er dieser Situation nicht mehr entkommen konnte. »Wir hatten den Stoff, richtig. Aber er war zu heiß. Wir konnten ihn nirgends anbieten. Wir mussten abwarten, bis ein wenig Gras über die Sache gewachsen sein würde.«

Justus wollte gerade fragen, wie das Stück dann für die beiden verloren gegangen war, als Peter das Wort ergriff: »Haben Sie den Stoff wirklich selbst gestohlen? Sind Sie persönlich in die Galleria Borghese eingebrochen?«

»Ich war gut«, sagte Coleman. »Ich war verdammt gut.«

Dann wurde Mrs Jensen in Handschellen von einem Polizisten an ihnen vorbeigeführt. Sie blieb neben Coleman stehen. »Und trotzdem habe ich dich reingelegt. Ganz egal, wie gut du damals warst – ich war besser!«

Mr Coleman starrte sie mit versteinertem Gesicht an. »Du hast damals behauptet, dass das Stoffstück beim Brand in unserem Geheimversteck vernichtet worden ist. Du hast gelogen. Du hast es in Sicherheit bringen können.«

»Noch besser. Ich habe alles aus dem Versteck geholt und danach das Feuer selbst gelegt.«

Coleman schloss die Augen. »Und ich Idiot hab dir geglaubt.«

»Tja«, machte Abigail Jensen. »Man sollte eben nie einer Hehlerin vertrauen.«

»Weißt du was?«, fragte er. »Lieber lass ich mich verhaften und ins Gefängnis stecken, als dass ich dir noch länger zuhören muss.«

»Diesen Wunsch kann ich erfüllen.« Inspektor Cotta gab einem seiner Leute einen Wink, und dieser führte Ethan Coleman ab. Cotta wollte auch Abigail Jensen wegbringen lassen, aber Justus bat darum, ihr noch einige Fragen stellen zu dürfen.

»Und warum sollte ich sie dir beantworten?«, fragte sie.

»Ich vermute«, sprang Cotta dem Ersten Detektiv bei, »dass es dem Richter gefallen wird, wenn Sie sich jetzt kooperativ zeigen.« Er lachte trocken. »Mir übrigens auch. Weil ich gerade nicht das Geringste von dem verstehe, was hier abläuft. Nikolaus? Galleria Borghese?«

»Was willst du wissen?«, fragte sie Justus.

»In dem zweiten Erpresserbrief haben Sie Mr Harper mit einem weiteren Giftanschlag gedroht, obwohl Sie es gar nicht gewesen sind, der Mr Krawczyk vergiftet hat.«

»Ich habe einfach die Situation ausgenutzt. Ich musste improvisieren, als alles aus dem Ruder lief. Darum hab ich auch Wilson schon am ersten Tag als Teilnehmer zur Auktion geschickt. Eine spontane Entscheidung. Er war übrigens auch bei der Mari Lwyd mein Helfer.«

»Das dachte ich mir«, sagte Justus. »Aber noch etwas: Sie haben also damals vorgetäuscht, dass das Stoffstück verbrannt sei. Und wie ging es weiter? Wo war es all die Zeit und wieso tauchte es jetzt als Sinterklaas-Stoff wieder auf? Wie kam er Ihnen abhanden? Denn so war es doch, oder? Sie haben ihn sozusagen vor Ihrem Partner in Sicherheit gebracht – und ihn dann selbst verloren. Bis Sie ihn jetzt zufällig wiedergefunden und versucht haben, ihn mit erpresserischen Mitteln zurückzubekommen.«

»Von Zufall kann keine Rede sein. Ich habe stets die Augen offen gehalten. Egal, wo er aufgetaucht wäre, ich hätte es mitbekommen. Ethan, ja, der hat ihn wohl zufällig gesehen, dummerweise. Er muss das Foto in der Werbung wiedererkannt haben, genau wie ich. Ich wette, er konnte sich nicht erklären, wo das Stoffstück nach zwanzig Jahren plötzlich herkommt, und ganz ohne Brandflecken.« Sie lachte bei der Vorstellung.

»Wie ist es Ihnen damals abhandengekommen?«, wiederholte Justus die für ihn letzte noch offene Frage.

»Als ich mich von Ethan getrennt hatte, habe ich die meisten unserer Schätze aus dem Geheimlager nach und nach verkauft. Aber den Nikolaus-Stoff nicht. Jeder hätte ihn sofort erkannt. Stell dir vor, du stiehlst ein weltberühmtes Gemälde wie die Mona Lisa – das kannst du nicht einfach weiterverkaufen. Jeder wüsste sofort Bescheid. So wäre es unter allen Weihnachtssammlern mit dem Nikolaus-Stoff gewesen. Mir war klar, dass ein paar Jahre ins Land ziehen mussten. Ich habe ihn also versteckt. Dann kam die Polizei mir auf die Spur und hätte fast mein neues Lager entdeckt. Ich musste das Stoffstück loswerden. Aber wie? Meine geniale Idee: Ich habe es einem meiner besten Kontakte geliehen! Ein völlig verrückter Sammler. Einer von diesen exzentrischen Typen, die ihre Schätze im Keller hüten und sie niemandem zeigen. Der sich gar nicht richtig damit auskennt und die Sachen einfach nur besitzen will! Bei ihm würde das Stück sicher sein, das war mir klar. Aber sogar ihm durfte ich nicht sagen, was er da in die Hände bekommt. Also habe ich behauptet, es wäre der Sinterklaas-Stoff, von dem man zu dieser Zeit nur noch wusste, dass er sich irgendwo in Amerika befinden müsste. Ich habe den Stoff entsprechend beschriftet, die Altersbestimmung gefälscht … und für die Leihgabe hat er mir sogar noch tausend Dollar bezahlt, der Trottel. Und dann … ist er einfach gestorben.«

»Wie unverschämt«, kommentierte Peter trocken.

Abigail Jensen ignorierte ihn. »Ehe ich es mitbekommen habe, hatten seine Erben die Sammlung schon verscherbelt. Wohin, konnte ich nicht nachvollziehen. Ich wusste nur: Irgendwann wird der angebliche Sinterklaas-Stoff wieder auftauchen. Und so war es dann ja auch, vor ein paar Wochen …«

»… haben Sie die Auktionswerbung gesehen«, sagte Justus, »und beschlossen, das Stück zu stehlen. Sie versuchten es zunächst im Museum und dann auch bei Mr Watkins. Als das nicht klappte, schrieben Sie den ersten Erpresserbrief. Warum haben Sie nicht wie Mr Coleman versucht, es ganz normal zu ersteigern?«

»Mit welchem Geld denn? Ich bin pleite.«

»Tja, mit der Erpressung haben Sie dann uns auf den Plan gerufen. Sie sehen ja, wo das hinführt.«

»Du bist ein Klugscheißer, weißt du das?«, kommentierte Mrs Jensen.

Der Erste Detektiv winkte ab. »Damit kann ich leben. Meine Fragen wären nun alle geklärt.« Er war sehr zufrieden.

»Dann können wir vielleicht jetzt in Ruhe Weihnachten feiern«, hoffte Peter. »Das wäre nach der ganzen Aufregung ja gar nicht schlecht.«

Bob lachte. »Dazu ist mir gerade etwas Witziges aufgefallen. Kollegen, schaut euch mal die Nummer des Liegeplatzes der Yacht an, die zur Flucht hätte benutzt werden sollen.«

»24/12«, las Justus und grinste breit. »Das Weihnachtsdatum – wie passend!«